Zum Autor

Günther Payer, geboren 1973, studierte Psychologie. In seiner Heimat Salzburg arbeitet er im Sozialbereich mit Kindern und Jugendlichen.

2013 erschien sein experimenteller Debütroman "Blackout", den er gemeinsam mit Sebastian Königsberger schrieb. 2015 veröffentlichte der Salzburger Tandem Verlag den ethischen Thriller "786", der u.a. auf der Leipziger Buchmesse vorgestellt wurde.

Im April 2016 erhielt er überraschend die Diagnose „Stimmbandkarzinom", im allgemeinen Sprachgebrauch auch „Kehlkopfkrebs" genannt. Das vorliegende Buch beschäftigt sich mit den vier folgenden Monaten nach der Diagnose.

Payer Günther

Stimmabgabe

Biografischer Roman

© 2016 Payer Günther

Herstellung und Verlag: BoD – Books on Demand, Norderstedt

Umschlaggestaltung: Hans Jörg Wimmer

*Bibliografische Information der Deutschen National-
bibliothek:
Die Deutsche Nationalbibliothek verzeichnet diese
Publikation in der Deutschen Nationalbibliografie;
detaillierte bibliografische Daten sind im Internet
über http://dnb.dnb.de abrufbar.*

ISBN: 9783741252563

Stimmabgabe

Vorwort

Stellen Sie sich vor, Sie haben Ihr Leben fest im Griff und umgekehrt ist es genauso.
Sie sind glücklich verheiratet, der Job ist vielleicht nicht mehr Ihr Traum, aber Sie können in jeder Hinsicht gut mit ihm auskommen.
Die schwierigen Zeiten liegen Gott sei Dank hinter Ihnen und Sie können sich den Luxus gönnen, sich über Kleinigkeiten des Alltags zu echauffieren.
Gesundheitlich ist soweit alles in Ordnung. Das eine oder andere Wehwehchen ist dem Alter geschuldet. Einem unangenehmen Gläubiger. Das weiß man aber.
Die Verkühlung am Anfang des Jahres gehört traditionell dazu. Sie schnupfen mit der halben Bevölkerung um die Wette und die Heiserkeit begleitet die Erscheinungen.
Weil es einfach nicht besser wird, suchen Sie eben den Facharzt auf. In der Erwartung, dass er Ihnen Medikamente verschreiben wird.

Was Sie sicherlich nicht erwarten ist, dass Sie scheinbar plötzlich schwer krank sind.
Sie werden der Krebserkrankung verdächtigt. Und nur wenig später schuldig gesprochen.
Von einem Moment auf den anderen ist nichts mehr so wie es war. Ihre Welt droht, sich auf den Kopf zu stellen. Und Sie dazu.

Die gute Nachricht: Sie brauchen es sich nicht vorzustellen. Das tue ich für Sie.

Ich habe Anfang April 2016 die Diagnose „Kehlkopfkrebs" erhalten. Aus heiterem Himmel. In einer Zeit, in der man das eigene Leben als glücklich und stabil bezeichnen würde.
Meine Frau Verena und ich haben im Vorjahr zwei Traumhochzeiten erlebt. Einmal standesamtlich in Golling im Kreise der Familie und einmal in Süditalien eine Woche lang mit Familie und Freunden.
Wir haben uns in einem der für mich/uns schönsten Plätze Salzburgs ein Refugium geschaffen, das wir unser zu Hause nennen dürfen.
Ein zu Hause, das meinen Vater miteinschloss und dem wir das Refugium zu verdanken haben. Der aber nach vielen Jahren multimorbider Belastungen schließlich im letzten Jahr an einem Lungenkrebs gestorben ist. Er wäre voraussichtlich auch ohne den Krebs bald von uns gegangen. Doch war dieser sein unbarmherziger Henker, der ihn leidend und unmenschlich aus dem Leben gedrängt hat.
Das Sterben hätten wir uns alle anders gewünscht. Der Tod selbst hingegen war eine Erlösung.

2016 sollte nun ein ruhigeres Jahr werden. Ein Jahr ohne extreme Höhen und Tiefen. Ein Jahr zum Ausruhen und Ankommen. Aber auch ein Jahr, um Neues zu probieren und Altes abzulegen.
Das erste Viertel sollte dies bestätigen. Wir konnten uns nach einer kurzen Zeit des Abschiedes bereits auf den (kleinen) Umbau des Hauses nach unseren Wünschen freuen.
Ich hatte mit meinem Debütroman „786" die ersten Erfolge zu verzeichnen, durfte Lesungen halten und ein zwanzigminütiges Interview im Lokalradio geben.

Als Highlight konnte ich auf der Leipziger Buchmesse meinen Roman vorstellen und wurde fürs dortige Radio interviewt. Mit bereits leicht brüchiger Stimme diskutierte ich die Grundthemen meines Werkes, das sich mit Menschenversuchen im Nationalsozialismus und heute beschäftigt. Und mit der Krankheit Krebs.

Einzig die immer schlechter werdende Stimme störte den friedlichen und erfolgreichen Ablauf meines Lebens. Das allerdings in dem Maße, dass ein Arztbesuch unumgänglich wurde.

Ab diesem Zeitpunkt erzählt die vorliegende Geschichte. Eine Geschichte mit Höhen und Tiefen, an deren Ende weder ein Happy End winkt, noch düstere Szenarien die Zeilen beenden werden.
Es ist meine Geschichte. Und meine Art damit umzugehen. Sie in ein Buch zu verpacken und mit anderen zu teilen, die Interesse daran haben. Nicht an Mitleid oder Selbstdarstellung, sondern an einer Situation, die so oder ähnlich jedem passieren kann. Und mit der schon viele auf die eine oder andere Art konfrontiert wurden.

Es ist ein kurzer aber intensiver Abschnitt meines Lebens, zwischen Traurigkeit und Freude, Wut und Erleichterung, Resignation und Hoffnung aber auch Spannung und Banalität, Bestrahlung und EM.

Ich habe bei diesem Buch nur (relativ) wenig auf die korrekte Grammatik und Ausdrucksweise geachtet. Ich bitte daher schon im Vorhinein Unkorrektheiten und Alltagsjargons zu verzeihen. Manchmal sind sie auch der Absicht entsprungen.

Vielmehr war es mir jedoch wichtig, die Zeilen aus der Emotion heraus zu schreiben. Nahe am Moment, wann es passiert. Auch wenn mir das gerade am Anfang zugegebener Weise nicht immer gelungen ist.

Ich wünsche Ihnen auf alle Fälle eine interessante und interessierte Lesezeit!

Günther Payer

1. April – Scherz?

1. April 2016. Die Sonne scheint vom Himmel und taucht die Griesgasse in glänzendes Licht, als ich gemächlichen Schrittes in Richtung meines Zieles schlendere.

Der Satz klingt so banal wie es die Situation ist, bevor die darauffolgende Nachricht mein derzeitiges Leben grundsätzlich ändern wird.

Noch ist es aber nicht soweit. Ich bin am Schlendern. Vom Bürgerspitalsplatz, auf dem ich die Vespa meiner Frau Verena geparkt habe, über die Griesgasse, hin zu meinem HNO-Arzt.
Zu diesem hat mich mein Hausarzt geschickt. Drei Wochen Heiserkeit seien zu dieser Jahreszeit zwar nicht außergewöhnlich. Da sei ich nicht der Einzige. Doch müsse man die Sache genauer ansehen lassen. Beim Zusatz, dass eventuell auch etwas im Hals sein könnte, was da nicht hingehöre, habe *ich* wohl nicht richtig hingehört.
Ich komme also an im Wartezimmer und will einchecken. Trotz Termin dauert es ein bisschen länger und die Sprechstundenhilfe schickt mich nach draußen. Hinaus in die Sonne. In einer halben Stunde solle ich wiederkommen.
Die Wärme tut gut, nach dem langen, faden Winter. Aber es pressiert auch ein wenig, sollte ich doch ins Möbelhaus. Nächste Woche beginnt schließlich der Umbau in unserem Haus. Egal, ich bleibe im Schlendermodus. Für Stress ist der Tag zu schade.

Eine halbe Stunde später finde ich mich wieder brav im Wartezimmer ein. Es dauert dieses Mal nicht lange, bis ich aufgerufen werde. Dr. S., ein sympathischer und angenehmer Mann, bittet mich auf den Stuhl. Nachdem ich mich bequem hingesetzt habe beginnt ein kurzer, aber durchaus vertraulicher Plausch, bei dem wir feststellen, dass unsere beiden Väter vergangenes Jahr verstorben sind. Es folgt ein kurzer Moment der Verbundenheit, bevor seine Arbeit ruft und er die Geräte zur Untersuchung vorbereitet.
Noch bin ich der Meinung, dass ich ein paar Tabletten verschrieben bekommen werde. Ein kurzer Krankenstand ist eingeplant. Länger als eine Woche sollte er nicht dauern. Dann kommen ja die Handwerker.
Zuerst fährt mir jedoch der Mundwerker mit einem Endoskop durch den Rachen hinab in den Kehlkopf. Meine Würgereflexe machen das Ganze nicht einfacher. Doch Doktor S. hat genug gesehen.
Ziehen Sie nicht über "Los"! Gehen Sie direkt ins Krankenhaus! Und nachdem er mir sehr deutlich mitteilt, dass ich mich unter KEINEN Umständen dort wegschicken lassen solle, bevor sie mich nicht gründlich untersucht haben, überfällt mich das erste Mal das Gefühl, ganz nahe an einer Arschkarte dran zu sein.

Die Fahrt ins Landeskrankenhaus wirkt befreiend. Schon aufgrund meines Berufes als Sozialarbeiter neige ich zu sämtlichen Formen des Optimismus. Von Zweck-, Zwangs- und kalkuliertem bis hin zum Lebensoptimismus ist alles dabei. Der bringt mich zwar jetzt nicht wie geplant ins Möbelhaus. Das ist im Moment aber wirklich nicht wichtig. Ich bin dennoch wieder positiver eingestellt, als ich stattdessen im nächsten HNO-Wartezimmer ankomme und mich

anmelde, ohne abgewimmelt zu werden. Es wird schon nicht so schlimm sein.
Es dauert nicht lange, da werde ich in den Untersuchungsraum gerufen. Dort herrscht reges Treiben. Ich setze mich wieder auf einen Behandlungsstuhl. Fast nebenbei wird mir von einer Krankenschwester ein Pfropfen in die Nase gesteckt. Zur lokalen Betäubung, wie es heißt. Der Warteraum hat sich für mich von außen nach innen verlegt.
In dieser Zeit trifft auch Verena ein. Irgendwie schön, wenn man jetzt nicht alleine ist. Doch Partner müssen draußen bleiben. Es ist einfach zu viel los.
Schließlich kommt eine Ärztin mit einer Auszubildenden im Schlepptau dazu. Jeder Griff wird kommentiert. Ganz klar ist nicht immer, ob sie zu mir spricht oder zur angehenden Kollegin. Etwas süffisant meint sie: „Na dann schauen wir mal, ob es so dringend ist, wie der Herr Kollege Dr. S. meint!"
Dieses Mal findet das Endoskop den Weg über die Nase in den Kehlkopf. Es kitzelt etwas, ist aber deutlich „angenehmer", als über den Rachen. Es folgt ein Fotoshooting im Kehlkopf. Zuerst ruhig atmen – Bild. Dann „Hiiiiii" sagen – Bild. Ich glaube, ich mache mich ganz gut.
Im Anschluss spricht sie eindeutig zur werdenden Kollegin: „Ja, da hatte Herr Dr. S. wohl recht. Das gehört dringend untersucht!" Der nächste Arschkartenalarm.
Ich würde gerne mitreden. Noch befindet sich allerdings eine Kamera in meinem Kehlkopf, was das Ganze so gut wie unmöglich macht.
Als die Ärztin diese schließlich herauszieht, schaffe ich die krächzende Frage, was denn jetzt los sei. Die

Schläuche haben meine Bänder nicht unbedingt gestreichelt und die Stimme wird immer schlechter.
Das könne man nicht genau sagen. Jedenfalls sei im Kehlkopf etwas, was dort nicht hingehöre. Wieder dieser Satz. Und es wird immer schwerer, ihn zu überhören.
Ich frage etwas näher nach und werde etwas bestimmter darauf hingewiesen, dass man das nicht genau sagen könne. Von bis sei alles drinnen (im Kehlkopf?). Mir kommt vor, als müsse ich der Ärztin die Fragen aus der Nase ziehen, wie sie mir zuvor die Kamera.
Von „gutartiger und harmloser Geschwulst" bis „bösartigem Tumor" sei alles möglich, lautet schließlich die Antwort.
Da haben wir es das erste Mal ausgesprochen, das schlimme Wort. Ich frage mich, warum sie mir das überhaupt sagt, weiß aber gleichzeitig, dass ich selbst schuld bin.
Zur Sicherheit wird im Anschluss noch ein Halsultraschall durchgeführt. Wieder gehen die Kommentare eher an die Kollegin als an mich. Außer, sie ist der Meinung, dass ich Medizin studiert habe und alle Fachtermini verstehe. Die Zusammenfassung ist aber erfreulich. Sie kann keine Streuung oder Metastasen finden. Das klingt doch zumindest mal gut.
Zum Schluss stellt sie noch die Frage, wie lange ich schon rauche und wieviel. Ich sage, ca. eine bis eineinhalb Packungen am Tag und das seit ca. 20 Jahren. Sie schaut mich ungläubig an. Nicht wegen der Menge. Da sollte sie doch Schlimmeres gewöhnt sein. Ich werde doch nicht als Kind schon damit angefangen haben, fragt sie.

Ich merke schnell, dass sie das nicht als Kompliment meint, was es nur umso besser macht. Das Kompliment. Es glauben mir die wenigsten, dass ich mittlerweile 42 Jahre alt bin. Was in der Jugend oft ein tückischer Nachteil ist, erfreut einen im fortschreitendem Alter, wenn man das juvenile Aussehen mitnehmen kann.

Mitnehmen kann ich auch eine Anweisung. Am Montag müsse ich gleich morgens einen Termin auf der HNO-Station für eine OP vereinbaren. Stationär natürlich. Man müsse Gewebe entnehmen, um sicher zu sein, um was es sich hier handelt. Auf Wiedersehen. Der nächste bitte.

Wäre ich jetzt alleine, wäre ich auch allein gelassen mit den Informationen. Aber meine tapfere Frau sitzt gespannt im Wartebereich. Nicht gespannt im Sinne vonüberaschungseierwasdawohldrinistkindlichevorfreudepositivgespannt sondern hoffentlichkeineböseüberraschungwasdaimhalsdrinnenistnegativgespannt.
Ich versuche das Ganze zusammenzufassen und zu relativieren. Professionell wie ein Arzt, als ginge es nicht um mich. Ja, da sei wohl etwas in meinem Hals, was da nicht hingehöre (dieser Satz wird mich im Laufe der Woche noch häufiger begleiten). Das böse Wort erspare ich ihr und ebenso mir. Es wird schon nichts Schlimmes sein. Man muss ja nicht jetzt schon die Pferde scheu machen. Oder über ungelegte Eier reden. Oder so ähnlich. Der Optimismus greift Gott sei Dank wieder. Die Verdrängung auch.

Am Abend treffen wir uns noch mit meinem Schwiegervater Toni und seiner Frau Romana im „Das Kino". Er hat sich das zum Geburtstag gewünscht. Es gelingt mir weiterhin ganz gut, abzuschalten und die vielen Informationen ruhend zu stellen. Im Kino muss man nichts reden, was gar nicht so schlecht ist. Auch beim anschließenden Lokalbesuch darf ich mich dezent zurückhalten. Es haben alle verstanden, dass ich nicht viel sprechen kann und *darüber* jetzt nicht sprechen will.

Und ein bisschen habe ich noch immer die Hoffnung, dass ich wie Michael Douglas 1997 im Film „The Game" übel an der Nase herumgeführt werde und mir mit drastischen Mitteln gezeigt werden soll, dass ich doch mit dem Rauchen aufhören müsse. Nachdem bis Mitternacht aber keine Verwandten oder Bekannten mit Sekt vor mir stehen und „1.April!" rufen, begrabe ich die winzige Möglichkeit auf einen schlechten Scherz.

Und überhaupt: Es wird schon nicht so schlimm sein.

Zwischenraum I

In der Nacht habe ich überraschend gut geschlafen. Mein treuer Sandmann dürfte ordentliche Arbeit geleistet haben und ich fühle mich nach dem Aufwachen bestätigt, dass ich mich in der Zwischenzeit, bis die Probe genommen wird, nicht allzu verrückt machen lasse. Es ergibt ohnedies keinen Sinn, wenn ich dann erfahre, dass alles ganz harmlos ist und gut wird.
Also Alltag ausgepackt und wieder Umbau geplant – wie geplant. Wir bestellen Möbel im Internet, was tatsächlich stundenlang dauern kann und klappern im Anschluss die Möbelhäuser in der freien Wildbahn ab. Irgendwie hat das Ganze aber dennoch einen fahlen Beigeschmack und die richtige Freude will bei uns beiden nicht so recht aufkommen.
Zwischendurch rufen immer wieder Freunde und Familienmitglieder an, oder schreiben SMS um sich zu erkundigen, wie es mir geht. Lieb gemeint, aber das brauche ich im Moment so nötig wie einen (Kehl)Kropf, werde ich so doch immer wieder an meine derzeitige, unklare Situation erinnert.
Am Samstagabend setze ich mich schließlich bei Sonnenuntergang auf den Balkon und gönne mir ein Bier. Dazu ziehe ich genüsslich an meiner Pall Mall, einer Mischung aus Zigarillos und Zigaretten. Im Kopf manifestiert sich schon der Gedanke, dass sich dieses schöne Ritual dem Ende zuneigt. Den Schuss vor den Bug sollte man schließlich volley annehmen. Zuerst wiederhole ich das Ganze aber. Also noch ein Bier und noch eine Pall Mall. Es wird mir abgehen. Das weiß ich schon jetzt.

In diesem Moment recht entspannt nehme ich mein Handy zur Hand und beginne im Internet nachzuforschen. Ich gebe dazu „Leukoplakie" ein. Die erste Diagnose, die im Raum schwebt. Etwas mulmig ist mir dabei schon.
Man muss dazu sagen, dass ich kein Freund dieser amateurhaften Recherchen bin. Allzu oft sind die Ergebnisse verwirrend, unklar und auf den Einzelfall angewandt teilweise einfach falsch. Dennoch will ich natürlich wissen, was das überhaupt ist.

Ich erfahre nach und nach, dass man Leukoplakie auch die Weißschwielenkrankheit nennt und dass es sich um weiße Flecken auf der Schleimhaut handelt, die meist eine Krebsvorstufe (Vorstufe!!!) darstellen. Die Ursachen sind Tabakkonsum (erwischt!) und erhöhter Alkoholkonsum (früher vielleicht?). Sie tritt meist ab dem 50. Lebensjahr auf (sprach ich nicht zuerst von meiner Juvenilität?!). Bei Männern eher als bei Frauen. Die weißen Flecken verursachen in der Regel keine Beschwerden (da bin ich keine Ausnahme). Manchmal wird es erkannt, wenn nach zumindest drei Wochen langer Heiserkeit eine Untersuchung gemacht wird (so ist es). Gewissheit hat man aber erst nach Entnahme und Untersuchung des Gewebes (folgt...).
Je mehr ich mich einlese, desto beruhigter bin ich. Die erste Diagnose bedeutet tatsächlich überhaupt nicht, dass ich Krebs habe. Nun kann ich auch den bösen Ausdruck verwenden, weil ich innerlich jetzt schon weiß, dass es nicht so ist.
Die Statistik bestätigt mich darin. Bei der einfachen Leukoplakie (also sicherlich mein Stadium) beträgt das Risiko der Entartung nur 3%. Und selbst bei den

fortgeschrittenen Leukoplakien sprechen wir „nur" von einer Wahrscheinlichkeit von 20% bis 35%.
Die Achterbahn fährt wieder nach oben! Noch dazu, weil mir im Internet durch die frühe Erkennung im Vergleich zu anderen Krebsformen eine sehr gute Prognose bescheinigt wird.
Ausnahmsweise beschließe ich, den Recherchen im Netz Vertrauen zu schenken. Verena kommt nach eigenen Internetfeldforschungen auf ein ähnliches Ergebnis. Auch wenn sie naturgemäß skeptischer ist als ich. Also können wir zumindest vorerst das Ergebnis einloggen und die Sache optimistischer sehen.
Der Sonntag verläuft recht ruhig. Am Abend wiederhole ich mein Bier-Pall-Mall-Ritual und fühle mich direkt ausgeglichen. Der Beschluss verfestigt sich dennoch, dass mit dem Rauchen Schluss sein wird, egal was bei der Untersuchung herauskommt. Darauf nehme ich einen guten Zug Augustiner und einen ebenso guten Zug Pall Mall.

Am Montag rufe ich gleich in der Früh in der HNO-Abteilung an, um einen Termin zu fixieren. Die Dame am Telefon schlägt mir irgendwann im Mai vor. So lange möchte ich nun doch nicht in der Luft hängen. Außerdem bin ich ab heute vom Hausarzt krankgeschrieben. Das sei alles gar kein Problem. Es gehe auch schneller. Freitag, 08.04. um 11.30 Uhr. Umzug ins Krankenhaus zur stationären Aufnahme einen Tag davor um 8.00 Uhr. Das ist mir nun fast zu schnell. Andererseits: Vorbei ist vorbei.

Nachdem das erledigt ist, fahre ich trotz Krankenstandes in meine Arbeit nach Obertrum. Zwar habe ich Psychologie studiert, bin aber in einer sozialpädagogischen Position in einer 24 Stunden, rund um die Uhr betreuten Jugendwohngemeinschaft tätig.

Da erwartet mich schon völlig entspannt und braun gebrannt meine Chefin Anja, die gerade von einer sechsmonatigen Weltreise zurückgekommen ist. Sozial, wie wohl die meisten in dem Bereich sind, habe ich ein schlechtes Gewissen, weil sie gleich mit der Vertretung meines Dienstes zurück in die Arbeitswelt knallt. Und besser wird's wohl in der nahen Zukunft nicht werden. Neben mir verabschiedet sich voraussichtlich noch ein zweiter Kollege in einen unbefristeten Krankenstand. Ich hätte ihr jedenfalls einen sanfteren Einstieg gewünscht. Sie nimmt es Gott sei Dank gelassen. Ich frage mich nur leise, wie lange.

Während Anja nicht durch die halbe, sondern tatsächlich durch die ganze Welt getrudelt ist, habe ich hier wieder mal den Leiter spielen dürfen. An sich nichts Neues für mich, denn vor drei Jahren war *ich* noch *ihr* Chef, bevor ich mir ein Downgrading gegönnt habe. Ein Entschluss, den ich nie bereut habe.

Eine ordentliche Übergabe bin ich ihr zumindest schuldig, ehe ich sie alleine mit all den Informationen lasse. Ich krächze ihr die „To-do" und die „What has happened"-Liste herunter und merke selbst, dass die Stimme sich in Richtung Totalstreik bewegt.

Dann verabschiede ich mich auf bald. Eine glatte Fehleinschätzung.

Die nächsten Tage bin ich gut beschäftigt. Der Krankenhaustermin steht. Und zwar genau an der Stelle, an der der Handwerker kommt. Verena, ein echtes Organisationsgenie, übernimmt die Kopfarbeit, ich bereite baumeisterlich alles soweit vor, dass unser Handwerker nur mehr loszulegen braucht.

Dann muss ich mich noch um den Platz für unseren Hund „Jeanny" kümmern. Sie ist bereits vierzehn Jahre alt. Und diese Jahre haben ihre Spuren hinterlassen. Sie ist fast blind und nimmt nur mehr Umrisse wahr. Hören kann sie nicht mehr viel, obwohl ich manchmal das Gefühl habe, wenn sie will, dann wieder schon. Auf einem Bein hinkt sie leicht aufgrund einer Arthrose. Ansonsten ist sie süß wie eh und je, für ihr Alter quickfidel und sie schafft es immer noch, alle um den Finger zu wickeln.
Das hoffe ich auch bei meinem Freund Tom, der sich freiwillig angeboten hat, die Kleine zu nehmen. Zuerst dachte ich noch, es wäre ein Scherz. Denn Tom ist sehr bedacht auf Hygiene und hat Angst vor Infektionen. Meines Wissens nach badet er in Sterilium.
Aber nein, er meint das ernst. Vielleicht möchten seine Freundin und er sich einen Hund zulegen. Und da wäre das eine super Gelegenheit zu proben. Er sagt das nebenbei und weltmännisch: „Seine Freundin und er." Sie wohnen nämlich seit Neuestem zusammen. Was vor kurzem ebenso noch unvorstellbar gewesen wäre. Da dachten noch viele, sein Wohntraum wäre die Isolationshaft.
Mich freut es jedenfalls, dass Jeanny ein gutes Plätzchen bekommt, wo sie vor dem ganzen Umbaustaub in der Wohnung geschützt ist. Und ich kann beruhigt ins Krankenhaus gehen.
Ich bringe Jeanny den beiden also vorbei. Sie haben sich von Anfang an alle lieb und ich ein gutes Gefühl. Viel zu erklären gibt es ohnedies nicht: Ihr Hobby ist Schlafen. Ansonsten frisst sie gerne und viel. Dazwischen muss sie zwei Mal äußerln gehen. Das war es auch schon im Großen und Ganzen.
Ich darf mich also verabschieden. Bis bald!

Eine glatte Fehleinschätzung.

Weil ich am Donnerstag spätestens um neun Uhr im Krankenhaus sein sollte, kommt unser Handwerker Neil (er stammt aus England) bereits um halb acht Uhr in der Früh, damit wir noch eine kurze Besprechung durchführen können. Die Stimme ist mittlerweile schon ziemlich beim Teufel. Daher probiere ich es gar nicht erst auf Englisch, sondern unterhalte mich in stenographiertem Deutsch und mit Händen und Füßen. Neil weiß Bescheid, um was es geht und ist sehr verständnisvoll. Im Anschluss fährt er mich dann gleich ins Krankenhaus. Das nenne ich Service.

Dort beginnt das Prozedere mit der Aufnahme. Ich bekomme Zettel zum Ausfüllen, der Puls wird gemessen. Ich bekomme wieder Zettel zum Ausfüllen. Blut wird abgenommen. Dabei bin ich nicht der Einzige, der hier sitzt. Aber wohl der Einzige, dem man seine Krankheit (?) nicht ansieht. Ich fühle mich irgendwie fehl am Platz zwischen den „echten" Patienten. Wäre ich nicht eindeutig der Jüngste, hätte ich mich für meine vergleichsweise Unversehrtheit fast geschämt.
Zwischendurch wechsle ich zweimal das Gebäude. Das erste Mal werde ich zur Logopädin geschickt, die Kraft und Funktion meiner Stimme misst. Dazu muss ich lesen, singen und mich allgemein zum Affen machen. Der Logopädin ist klar, dass es sich um ein peinliches Verfahren handelt und sie ermutigt mich, nur munter drauf los zu bellen. Am Ende kommt heraus, dass meine Stimme momentan ein verdammt kleines Spektrum hat. Nach den Behandlungen, welche das auch immer werden sollten, kann man die Fort- (oder eben auch Rück-)schritte dann gut verglei-

chen. Sie klärt mich noch über das Stimmverhalten nach der OP auf und was ich alles beachten muss.
Dann geht es weiter zum nächsten Gebäude, um mich für die stationäre Aufnahme anzumelden. Sonderklasse versteht sich.
Oder auch nicht.
Gerade ein Monat zuvor habe ich diese zufällig abgeschlossen, weil meine Frau einen guten Tarif entdeckt hat. Später werde ich erfahren, dass deswegen Untersuchungen seitens der Versicherung angestellt werden. Atteste werden beim Haus- und HNO-Arzt eingeholt werden. Der Betrugsverdacht steht im Raum.
Da steht er gut. Ich habe ein reines Gewissen. Und liebe Versicherungsleute: Hätte ich das vor einem Monat schon gewusst, hätte ich doch einen Ambulanztarif gleich mitgenommen. Das wäre noch viel teurer gekommen!
Jetzt freue ich mich erst mal, dass es das Schicksal zumindest in diesem Fall gut mit mir gemeint hat. Ich muss nicht mit fünf anderen HNO-Patienten in einem Raum schlafen und mir das Röchel-, Atem- und Schnarchquintett live mitanhören.
Kurze Zeit später kommt es sogar noch besser. Zurück auf der Station höre ich zufällig mit, dass diese heute ein Auslastungsproblem hat. Ich solle eventuell auf eine andere Abteilung verlegt werden.
Ich mische mich dazu und schlage unschuldig vor, dass ich zu Hause schlafen könne und am nächsten Tag einfach in der Früh wieder hier bin.
Warum eigentlich nicht. Hier bahnt sich eine Win-win-Situation an. Nur wenige Minuten später ist der Revers unterschrieben. Ich bekomme noch eine Thrombosespritze mit, die ich mir am Abend selbst

stechen darf. Alles kein Problem. Dann kann ich gehen.

Selten war der Duft der Freiheit so schön. Wenn ich auch nur einen Aufschub bekommen habe, fühle ich mich dennoch richtig gut. Zu Hause angelangt, ist Neil schon am Werken. Soll er nur. Ich mach es mir im oberen Stockwerk bequem. Ab und zu gehe ich auf den Balkon. Die letzten Züge meines Lebens nehmen. Wenn das nicht dramatisch klingt!
Verena freut sich ebenso über den kleinen Aufschub. Wir liegen gemeinsam im Bett, als sich plötzlich leise von hinten ein Kopfschmerz anschleicht, um kurz darauf mit voller Wucht zuzuschlagen. Ich habe keine Ahnung wo der herkommt (Spritze falsch gestochen? Unterbewusstsein?).
Fakt ist, ich kann kaum klar denken. Einmal mehr ist Verena meine Lebensretterin. Sie ruft sofort im Krankenhaus an, um nachzufragen, welche Medikamente ich nehmen darf. Ich versuche währenddessen, meinen Kopf keinen Zentimeter zu bewegen. Jede kleine Veränderung hämmert mir die Folgen ins Gehirn.
Gott sei Dank haben wir die richtigen Schmerztabletten zu Hause. Aspiriniker hätten jetzt Pech gehabt. Die wirken blutverdünnend und sind vor einer Operation tabu.
Der Abend neigt sich so dem Ende zu. Der Schmerz lässt zwar etwas nach, hält mich aber dennoch davon ab, mir das Ritual der allerallerletzten Zigarette zuzugestehen. Ich hoffe, ich werde ihr nicht mein Leben lang nachtrauern. Ich schlafe mit diesem Gedanken ein. Oder bilde es mir zumindest im Nachhinein ein.

Biopsien und Dinge, die man nicht hören will

Es ist jetzt genau eine Woche her, seit mir die erste Diagnose ins Ohr geflattert ist. Von einer Odyssee kann man nun wirklich nicht sprechen, ein bisschen kommt es mir aber doch so vor. Meine Frau begleitet mich gleich in der Früh ins Krankenhaus und zur Anmeldung auf die Station.
Weitsichtig wie sie ist, weiß sie jetzt schon, dass alles gut gehen wird. Ich weiß hingegen, dass sie es selbst zwar zu gerne glauben würde, ein Stachel der Skepsis aber tief in ihr drinnen sitzt. Ich bin stolz auf sie, wie tapfer sie das Ganze nimmt und versucht, sich nichts anmerken zu lassen, sondern mir zusätzlich noch Kraft zu geben. Ich jammere auch nicht und zeige mich stark. Ich glaube, dass ich es tatsächlich bin. So schnell haut mich nichts um. Außer die Narkose vielleicht, die ich bald bekommen werde. Aber die darf das.
Für mich heißt es nun warten. Bett ist noch keines frei und die Operation erst gegen elf Uhr geplant. Verena muss zur Arbeit. Manchmal fallen Trennungen einfach ein bisschen schwerer. Dementsprechend länger dauert das Abschiedsritual. Zur Sicherheit gibt sie mir noch ein kleines Säckchen voller Glücksbringer mit, die ich auf mein Nachtkästchen drapieren soll. Dazu brauche ich allerdings zuerst einmal ein Nachtkästchen.

Ich lese die Krone und die Salzburger Nachrichten fast komplett durch, bevor ich mein Bett zugeteilt bekomme. Dann geht es dafür schnell. Gegen 11.30 Uhr wird mir ein Venflon am Handrücken gelegt und ich bekomme eine „Wurstigkeitstablette". Kurz danach werde ich von einem Pfleger geholt und in den Operationssaal gebracht. Dort bekomme ich eine Maskennarkose. Mehr weiß ich beim besten Willen nicht. Nur, dass ich im Aufwachraum meine Augen wieder öffne. Und ich selbst überrascht bin, wie fit ich innerhalb kurzer Zeit werde. Gegen zwei Uhr liege ich schon wieder in meinem Zimmer und kann Verena klar und deutlich mitteilen, dass es mir gut geht.

Wobei sich zwangsläufig die Frage stellt: Geht es mir überhaupt gut? Diese Frage kann nur der behandelnde Arzt beantworten.
Es ist zwar Freitag und der Krankenhausbetrieb wird langsam auf Wochenende heruntergefahren. Ich habe aber Glück und der Arzt ist noch da. Und unglaublicher Weise nimmt er sich sogar Zeit für mich. Genauso wie Verena, die schon bei mir in meinem Zimmer ist. Was vielleicht nicht so unglaublich ist, wie der anwesende Doktor. Dafür jedoch umso schöner.

Dr. W. ist mir/uns von Anfang an sympathisch. Insgeheim taufe ich ihn trotzdem Dr. Weh, weil er es ist, der mir/uns die schlechten Nachrichten überbringt.
Die Biopsie selbst sei ohne Komplikationen verlaufen. Er habe an drei verschiedenen Stellen, die er uns anhand eines medizinischen Lehrbuches zeigt, Proben entnommen. Diese werden nun ins Labor geschickt. Natürlich könne man noch nichts mit Sicherheit sagen. Aber er habe das Gefühl, dass es sich durchaus um einen Tumor handeln könne. Seine Aufgabe sei es nun leider auch, mich auf die eventuellen Konsequenzen vorzubereiten.

Ich bin sprachlos. Einerseits weil die Arschkarte nun schon sehr laut anklopft. Andererseits habe ich nach der OP für mindestens zwei Tage komplettes Redeverbot.

Zuerst erläutert Dr. W. die gute Nachricht: Der Krebs, wenn er tatsächlich einer wäre, sei im Frühstadium. „T1" so der Fachausdruck. Er befände sich nur auf der linken Stimmlippe und wäre dort von Knorpeln ganz gut vor der Ausdehnung geschützt. Die Chancen, dass ich das Ding überlebe, lägen bei fast hundert Prozent. Unter den Krebskranken wbin ich also sozusagen der König.

Trotz dieser, eigentlich mehr als erfreulichen Nachricht werde ich das Gefühl nicht los, dass ich das Zimmer nicht lachend verlassen werde.

Und das Gefühl trügt nicht. Dr. Weh wendet sich nun den möglichen Konsequenzen zu. Sollte sich die Diagnose als richtig herausstellen, müsse man zumindest eine Teilresektion, wenn nicht gar eine komplette Resektion vornehmen. Ich brauche nicht nachzufragen. Verena wird zum Sprachrohr für uns beide.

Das heißt, dass das Stimmband zum Teil oder ganz entfernt werden müsse. Die Folgen, möchte das Sprachrohr genauer wissen.

Die Stimme würde inoperabel darunter leiden. Sie würde noch schlechter werden als zuletzt, als ich kaum noch sprechen konnte. Aber mit viel Übung könne man das etwas in den Griff bekommen (etwas!?). Und zusätzlich bilde sich über die Monate und Jahre hinweg eine Vernarbung an der Stimmlippe. Auch diese würde es in Zukunft wahrscheinlich ein bisschen besser klingen lassen.

Aber man dürfe nie vergessen, dass durch den Eingriff der Tumor zu fast hundertprozentiger Wahrscheinlichkeit verschwinden werde.

Wumm!

Ich werde also leben, aber nie wieder normal sprechen können? In einem Alter von 42 Jahren und einem Beruf als Sozialarbeiter, dessen Werkzeug seine Sprache ist?! Erstmals ist mir direkt etwas heiß und übel.
Doc Weh weist uns nochmals darauf hin, dass nichts entschieden sei und wir die Ergebnisse der Biopsie abwarten müssen. Es sei eben nur seine Pflicht, mich/uns auf sämtliche Eventualitäten vorzubereiten.
Die Operation solle so rasch als möglich durchgeführt werden. So könne der gesamte entfernte Fremdkörper analysiert werden. Und erst dann wisse man Genaues und könne die Behandlung planen.

Meine Beine sind schwerer als nach der Narkose, als sie mich wieder in mein Zimmer zurücktragen. Mein Optimismus wackelt ordentlich und auch die Verdrängung hat einen harten Schlag in die Magengegend bekommen. Verena geht es um Nichts besser. Sie bleibt eisern bei mir sitzen. Irgendwann, nachdem ich eine lauwarme Krankenhausgemüsesuppe runtergeschlürft habe, schicke ich sie jedoch nach Hause. Es wird Zeit, denn um sechs Uhr am Abend kommt eine große Ladung vom Möbelhändler mit insgesamt 69 Paketen. Eva, meine Schwiegermutter und ihr Lebensgefährte Dragan sind schon vor Ort, um die Lieferung zu übernehmen. Per WhatsApp bin ich ein bisschen dabei im turbulenten Geschehen. Danach fährt Verena mit zu ihrer Mutter. Sie will nicht alleine zu Hause sein. Jetzt, wo nicht einmal Jeanny, der Hund, da ist. Ich bin froh, dass sie gut untergebracht und versorgt ist. Die Frau in diesem Falle.

Ich bin auch nicht alleine. Neben mir liegt ein netter Herr, der an der Nase operiert wurde. Ihm wurde die Nasenscheidewand operiert. Kenne ich. Hatte ich schon. Das schaut übler aus, als es ist. In diesem Falle würde ich sofort tauschen. Ich glaube mein Nachbar leider nicht.

Mit Händen und Heften einigen wir uns auf ein gemeinsames Fernsehprogramm. Es wird „der Alte". Ich habe die Sendung gefühlt vor 25 Jahren das letzte Mal gesehen. Und muss feststellen, dass das leider nicht mehr der Alte ist.

Dank der Operation und dem anstrengenden Tag schlafe ich kurze Zeit später ein.

Zwischenraum II

Das einzige erfreuliche am nächsten Tag ist: Ich darf wieder nach Hause und muss das Wochenende nicht im Krankenhaus verbringen. Die Stimmung bleibt gedrückt, auch wenn es über die Nacht etwas besser geworden ist.
Ich packe meine Sachen und gehe zum Bus, der noch etwas Zeit braucht, bis er mich mitnehmen kann. Bevor es endgültig nach Hause geht, fahre ich aber zu meiner Schwiegermutter, da bei uns in diesem Moment gerade die Vorbereitungen laufen, um die Küche aus dem 1. Stock in das Erdgeschoss zu verlegen. Stemmarbeiten sind dabei unumgänglich, was Feinstaub bedeutet. Was gar nicht gut für meinen frisch operierten Kehlkopf ist.
Verena holt mich bei der Haltestelle ab. Sie sieht unausgeschlafen aber umwerfend aus. In solchen Momenten wird mir wieder mein Glück bewusst, das ich habe und egal, was auf mich zukommt, es mir wirklich schlechter gehen könnte. Ich habe eine tolle Partnerin, einen Bruder mit seiner Frau, auf die man sich verlassen kann, wenn es drauf ankommt, eine Schwiegerfamilie, die mich unterstützt, tolle Freunde, ein Haus, einen Garten, ein Auto,... Nur eben vielleicht bald keine Stimme mehr, um das Glück auch jemandem mitteilen zu können.

Unsere Unterhaltungen laufen die nächsten Tage über Stift und Papier oder über Handynotizen ab. Ich darf also quasi schon üben, was in Zukunft auf mich zukommt.

Verena wächst in dieser Zeit über sich hinaus. Sie ist Sprachrohr und Krisenkoordinationsstelle in einem. Sie telefoniert mit Familie und Freunden, um diese auf dem Laufenden zu halten und ist der Knotenpunkt des Netzwerks.
Verena, die selbst unter vielen kleinen Ängsten leidet. Sei es Flugangst, Spinnenphobie oder eben unter Verlustangst. Was verständlich ist, sind doch zwei ihrer besten Freundinnen in den Jahren zuvor viel zu früh an Krebs verstorben. Die Tatsache, dass sowohl meine Mutter, als auch mein Vater ebenso diese fürchterliche Erkrankung nicht überlebt haben, macht es nicht gerade einfacher.
Aber Verena steht. Ist da. Für mich und für die anderen. In guten wie in schlechten Zeiten. Und ich erkenne einmal mehr, wie sehr ich diesen Menschen liebe. Und mache mir gleichzeitig Sorgen um sie, weil sie viel zu wenig isst und immer mehr abnimmt.

Im Laufe des Wochenendes fällt die Anspannung dann doch etwas ab. Die geschriebenen Dialoge spielen sich ein und am Sonntag wage ich die ersten Sprechversuche. Und siehe da: Ein bisschen was geht immer.
Am Montag kann ich bereits wieder leicht krächzen. Was gut ist, denn der Umbau ist im vollem Gange. Ich muss den neuen Boden holen, Dinge aus dem Bauhaus besorgen und generell versuche ich mich mit Arbeit zuzudecken, was super gelingt.
Ich werkle von der Früh weg bis am Abend durch, immer mit einer Schutzmaske vor dem Gesicht. Dann verbringe ich noch etwas Zeit mit Verena und falle schließlich gegen zehn Uhr erschöpft ins Bett. Völlig

unnatürlich für mich, denn normal gehe ich vor Mitternacht nie schlafen.

Ganz geht die Taktik leider nicht auf, denn in der Nacht liege ich in dieser Zeit oft wach und habe Gedankenrasen. Über die Auswirkungen der Krankheit auf meine Beziehungen und den Beruf. Über Änderungen und Lebenseinstellungen. Über Einschränkungen und neue Chancen.

Es ist auch Zeit für Mitleid: Nach dem letzten Jahr, das zwischen unvergesslichen Höhen (die zwei Traumhochzeiten) und leider ebenfalls unvergesslichen Tiefen (der langsame und qualvolle Krebstod meines Vaters) hin- und herpendelte, habe ich eigentlich das Gefühl, dass ich mir ein Jahr der Erholung wirklich verdient hätte.

Ich verzichte dabei auf die Bitte nach Hilfe von oben. Dem dort traue ich zurzeit leider noch weniger als einem österreichischen Amt, wenn es um Unterstützung geht.

Vielmehr werde ich fatalistisch. Es ist so wie es ist. Und ich werde damit leben lernen müssen.

Hurra, ich rede noch!

Es ist Mittwoch, der 13. April, und ich stelle mich auf einen rabenschwarzen Tag ein. Heute sollen die Ergebnisse der Biopsie eingelangt sein. Da meine Stimme noch immer geschädigt ist, übernimmt den Anruf bei Dr. W. einmal mehr Verena. Sie meldet sich dort gleich um 7.30 Uhr von der Arbeit aus. Ich liege noch zu Hause im Bett und erwarte die Hiobsbotschaft.

Dann kommt der Anruf.

Anstatt der Bestätigung der schlechten Diagnose gibt sie allerdings die Entwarnung! Die Biopsie hat den Verdacht auf Krebs nicht bestätigt! Ich habe mit hoher Wahrscheinlichkeit nur eine geringfügige Dysplasie, also eine (noch) gutartige Zellveränderung!
Die Erleichterung ist enorm. Da niemand hier ist, kann ich keinem um den Hals fallen. Ich freue mich aber auch so genug. Am liebsten würde ich frei nach Ludwig Hirsch „singen, lochn und ´des gibt's net´ schreien". Da macht nur meine Stimme (noch) nicht mit.

Ich schicke daher ein recht allgemein gehaltenes SMS an Freunde und Kollegen (oder beides):

„Liebe Freunde, liebe KollegInnen ich habe gerade das erfreuliche Ergebnis der Gewebeuntersuchung erfahren, dass ich keinen Kehlkopfkrebs habe, sondern „nur" Leukoplakie. D.h., dass ich nochmals die Chance bekomme, wieder gesund zu werden und wahrscheinlich auch meine Stimme (mit kleinen Einschränkungen) wiederzufinden! Der Weg dorthin ist zwar noch ein weiter. Am Freitag werde ich nochmals operiert und die Leukoplakie wird entfernt. Dann heißt es schonen und meine Stimme wieder neu zu erlernen. Alles aber nichts im Vergleich zur bösartigen Variante! Vielen Dank für Eure Unterstützung und fürs Daumen drücken! Liebe Grüße, Günther!"

Ich bekomme jede Menge Gratulations-SMS, bei denen ich teilweise das Gefühl habe, dass die Leute genauso erleichtert sind wie ich.
Auch Verenas Arbeitspensum ist an diesem Tag wohl eher gering. Im Vergleich zur neutral gehaltenen Sammel-SMS kennt unser Kurznachrichtenverkehr keine Grenzen des schlechten Geschmacks. Es darf erleichtert Unsinn geschrieben werden. Das nennt man dann wohl Ausgelassenheit. Es ist eine Riesenlast, die von unseren kleinen Schultern fällt.
Um ein Uhr habe ich noch einen Besprechungstermin mit Dr. W. Der bestätigt mir den positiven Befund, fügt jedoch hinzu, dass erst die Untersuchung des ganzen Gewebes die endgültige Sicherheit bringe. Aber ehrlich gesagt: Da könne nicht mehr viel passieren. Einmal zeigt er mir noch, was jedoch passieren *hätte können*, indem er am medizinischen Modell vorführt, was alles so entfernt *hätte werden müssen*. Da bin ich doch heilfroh, dass es nicht so ist.

Nun gilt es, den nächsten OP-Termin zu fixieren, um die Dysplasie zu entfernen. Er selbst habe vorläufig keinen Termin frei, aber der Kollege Dr. M. könne das für ihn erledigen. Mir ist das jetzt egal. Nur raus mit dem Zeug, bevor es sich die ganze Sache noch anders überlegt und böse wird.

Dr. W. telefoniert sofort und holt Dr. M. hinzu. Kein Problem. Der Termin wird auf Freitag fixiert. Mein Gott, bin ich dabei relaxt.

Am liebsten würde ich mit Dr. W. auf ein Bier gehen. Er wird mir nicht nur aufgrund der guten Nachricht immer sympathischer. Ich glaube, seine anderen Patienten hätten aber keine Freude damit.

Ich fahre also zu Eva, die fast weint, als sie mich an sich drückt. Ich glaube, sie hält mich für einen durchaus gelungenen Schwiegersohn. Das Kompliment kann ich ihr nur zurückgeben.

Nun darf ich mich das erste Mal etwas aus dem Mittelpunkt herausstellen. Es gibt eine andere Person, die genauso eine Recht darauf hat. Meine ewig junge Frau wird bald offiziell vierzig. Ich habe in den letzten Tagen und Wochen trotz angekratzter Stimme ein Geschenk für sie geplant, bei dem schon einige Leute mitmachen. Unter anderem Eva und Dragan. Ich genieße es dabei, endlich weg von dem Krankenthema zu kommen.

Nachmittags und am Abend geht der Umbau weiter. Dieses Mal jedoch mit mehr Spaß an der Sache. Es wird ein doppelter Neuanfang und das ist schön!

Natürlich wäre jetzt zum Feiern eine Bier-Zigarillo-Kombi gar nicht so schlecht. Muss jedoch nicht sein. Das Rauchen geht mir erfreulicherweise überhaupt nicht ab. Nur selten verschwende ich einen Gedanken daran, der genauso schnell wieder weg ist, wie er gekommen ist.

Am nächsten Tag geht es wieder ins Krankenhaus. Ich habe dabei schon fast Routine im Management. Einmal mehr werde ich über die Risiken und Nebenwirkungen der Narkose aufgeklärt. Dann hole ich mir

meine Thrombosespritze ab und fahre wieder nach Hause. Zuerst besorge ich noch zwei gute Flaschen Wein. Neil, unser Handwerker, hat heute Geburtstag und verbringt diesen zumindest tagsüber auf der Baustelle bei uns.
Achterbahnmäßig bin ich ganz oben. Die Operation stresst mich nicht im Geringsten. Ein bisschen Leid tut mir nur Jeanny, der es anscheinend heute nicht so gut geht und die sich apathisch in Toms Wohnung übergeben hat. Ich kenne aber die Kleine gut genug, um zu wissen, dass sie ein Stehaufweibchen ist. Die hält das schon durch. Dann geht's zurück ins alte, neue zu Hause. Ein bisschen hoffe ich allerdings, dass sie sich bis dahin schon ausgekotzt hat.

Freitags checke ich im Krankenhaus ein. Routinemäßig begleitet mich meine Frau wieder, bevor sie in die Arbeit fährt. Heute bin ich erst um 14.00 Uhr dran. Die Wurstigkeitstablette ist mir Wurst. Ich freue mich nur schon, wenn alles vorbei ist.
Der Pfleger holt mich, der Anästhesist narkotisiert mich. Ich wache im Aufwachraum auf und werde wieder in mein Zimmer gebracht. Alles beim alten also. Nur, dass ich dieses Mal die Auflage bekommen habe, eine volle Woche nichts zu sprechen.
Verena besucht mich um fünf Uhr, bevor sie wieder zur Mutter fährt. Ich liege alleine im Zimmer und genieße die Ruhe. Ein gutes Gefühl begleitet mich in den Schlaf. Das Gefühl, dass jetzt alles wieder normal wird…

In der Früh werde ich von einer weiteren Ärztin begutachtet. Sie liest die Befunde und schiebt mir einmal mehr die Kamera durch die Nase. Gut schaut es

aus. Alles sehr positiv. Da habe ich wohl noch einmal Glück gehabt. Ich schreibe meine wichtigste Frage auf dem Handy.
Nein, also, dass da noch etwas Negatives daherkomme, glaube sie nicht. Die Wahrscheinlichkeit wäre da wohl gegen Null.
Ich solle nur daraus lernen und mit dem Rauchen aufhören.
Ich denke mir, Rauchen, was ist das? Irgendwie glaube ich, mich aber daran erinnern zu können, dass das etwas mit mir zu tun hatte.

Dann darf ich gleich nach Hause. Oder eben wieder mal nicht. Neil und sein Handwerkskumpel Wayne, ebenfalls ein typischer Engländer, bewegen gerade die Küche aus dem ersten Stock in das Erdgeschoss. Stemmen ist Pflicht. Feinstaub unumgänglich. Irgendwie habe ich gerade ein Déjà-vu.
Macht aber nichts. Verena und ich holen mittlerweile unsere neue Garderobe ab. Von der Firma „Werkschau", für die ich hier völlig selbstlos und ehrlich gemeint Werbung mache, da wir vom Alleinunternehmer zwar etwas chaotisch aber einfach super und äußerst liebenswert bedient werden. Und es ist schön, dass es so kleine aber feine Geschäfte überhaupt noch gibt!
Dann noch englische Farben aus einem Geschäft am Makartplatz besorgt, bevor wir den englischen Handwerkern zu vollbrachter Tat gratulieren dürfen.
Mit den Teilen des Bodens, auf dem die Küche steht, ist erstmals erkennbar, wie schön und harmonisch das Ganze einmal aussehen wird.

Für mich ist der Tag dann gelaufen und ich freue mich auf eine Runde Fernsehen auf dem Sofa. Verena fährt mittlerweile zum Recordstoreday. Ich vergönne ihr, dass sie mal rauskommt aus der Krankenmühle. Ein bisschen neidisch bin ich schon. Aber klar dauert es noch ein bisschen, bis ich dann auch aus der Mühle draußen bin. Ist ja alles nur eine Frage der Zeit.

Am Sonntag herrscht übles Wetter. Genau richtig, um sich mit der liebsten Gattin vor den Fernseher zu legen. Wenn ich schon nicht sprechen kann, dann spricht halt er. Ab und zu kommt mir eine lustige Pointe in den Sinn. Über die Lippen bringe ich sie nicht, über Handy geht es aber. Einerseits leidet der Humor schon darunter. Andererseits erspart man sich so vielleicht viele Rohrkrepierer, da man es sich zweimal überlegen muss, ob man die tatsächlich aufschreiben will.
Die stimmlose Phase ist interessant und lehrreich. Dennoch ist sie sehr relaxt, weil sie jetzt nicht mehr mit der Angst verbunden ist, dass das so bleibt.

Neil verlegt am Montag den Boden fertig. Ich fahre währenddessen mit Toni zu Ikea. Wir sind ein sehr schräges Pärchen, der Schwiegerpapa Toni und sein *Schweiger*sohn.
ER hat grade einen Gichtanfall und kann kaum gehen, ICH darf nichts reden und darf nicht schwer heben. Und als Aufgabe haben wir bekommen: Holt eine schwere Vitrine aus dem Selbstabholbereich und verstaut diese im Auto. Was einfach klingt, ist durchaus eine Challenge.
Wir schaffen es nach mehreren Versuchen, einen netten Mitarbeiter zu finden, der uns beim Beladen hilft.

Ich begleite diesen höflich japanesk dauernickend und dankbar grummelnd. Toni hinkt so schnell er kann hinterher. Und dann ist es auch schon erledigt.
Alles geht irgendwie!

Am Dienstag steht umbautechnisch wieder einiges am Programm. Ganz ohne Kommunikation wird es dabei nicht gehen. Ich muss einige Besorgungen machen.
Ich bereite mir daher am Handy schon mal einen Satz vor, damit, die Leute wissen, dass ich sprachlos bin.
„Ich kann aufgrund einer OP leider nicht sprechen, ich brauche bitte…".
Als erstes gehe ich damit zum Baumarkt. Derselbe freundliche Angestellte, der mich ein paar Wochen zuvor im erdigsten Dialekt angesprochen hat, redet jetzt mit mir im feinsten Hochdeutsch. Und damit ich es als *sprach*geschädigter Mensch wirklich verstehe: sehr laut.
Einmal mehr denke ich, dass das wirklich ein spannendes Experiment ist.
Im Supermarkt werde ich in dieser Ansicht bestätigt. Ich schreibe wieder meinen Satz: „Ich kann aufgrund einer OP leider nicht sprechen. Geben Sie mir bitte zwei Leberkässemmerl mit Gurkerl!" Dann reiche ich mein Handy der Verkäuferin weiter. Die ist erstmal hoffnungslos überfordert. Sie liest sich die Zeilen durch und…
…holt ihre Kollegin hinzu.
Zusammen schaffen sie es schließlich mir das Bestellte zu geben. Irgendwie amüsant. Aber ich kann mir gut vorstellen, dass es auf Dauer zu nerven beginnt.

Darüber brauche ich mir jetzt wohl keine Gedanken mehr zu machen, denke ich und bin vollkommen unaufgeregt vor dem Tag, an dem das endgültige Ergebnis kommt.

Danach tat Hiob seinen Mund auf und verfluchte den Tag

Am Mittwoch in der Früh weckt mich erstmals vor einer wichtigen Entscheidung der Wecker.
Natürlich möchte ich das (ohnedies schon feststehende Ergebnis) von Verena erfahren und schreibe ihr ein SMS:
„Hallo Spatz! Gut geschlafen? Doc W. noch nicht erwischt?"
Es kommt nur ein Wort zurück, dass mir im gleichen Moment den Magen verdreht.
„Doch…"
Ich kann direkt fühlen, wie sie mit den Worten ringt.
„Ja und?", schreibe ich dennoch.
Ich spüre, dass sie die Worte nicht findet.
Ein paar Minuten später kommt das bestätigende SMS.
„Ich bin am Heimweg. Leider schlechte Nachrichten. Es tut mir so leid!"
Ich würde am liebsten bei ihr anrufen. Ich kann und darf aber nicht. Wir müssen SMS schreiben.
„Na sauber, was heißt das jetzt?"
„Heute 13.00 Uhr Termin… In einem Block wurde was Bösartiges gefunden… Steh total neben mir"
„Heißt das wieder OP? Es haben doch alle gesagt, es ist so unwahrscheinlich! Termin bei W.?"
„Heute Gespräch. Da erfahren wir mehr. Entweder OP oder Bestrahlung. Hase, ich bin in 15 Minuten da! Warum nur?"
„Danke fürs Anrufen! Was täte ich ohne Dich!? Hat er noch was Wichtiges gesagt?"

„Alles zu Hause. Kann nicht mehr schreiben im Bus, kotz gleich!"
Ich versuche etwas Positives hineinzubringen:
„Es geht ja trotzdem weiter! Aber es wäre alles grad so gut gewesen☹!"

Ein schwacher Versuch. Tatsächlich bewege ich mich grade im leeren Raum. Ich bin nicht ich. Schau mir von außen zu. Das Gehirn hat die Nachricht gehört, aber nicht verarbeitet.
Eines weiß ich dennoch schon jetzt: Das Schicksal hat die Arschkarte nun ausgespielt. Rien ne va plus. Nichts geht mehr. Diagnose: Krebs!

Verenas Bus hat irgendwie Verspätung. Nachher erfahre ich, dass sie die ersten Tränen bereits bei Neil losgeworden ist.
Dann ist sie bei mir. Um Worte ringend. Mehr als ein „Warum?" geht jedoch nicht. Sie will stark sein, aber die Tränen kommen unerbittlich. Und holen damit auch mich von der Außenschau in die Realität. Ich muss selbst weinen. Das habe ich in den letzten mehr als 20 Jahren genau fünf Mal getan. Als meine Mutter gestorben ist, als die Beziehung zwischen Verena und mir gleich am Anfang kurz vor dem Ende gestanden ist, seltsamerweise als Frodo sich im letzten Teil von Herr der Ringe von der übrig gebliebenen Gemeinschaft verabschiedet, als mein Vater die Diagnose Krebs erhielt und als mein Vater starb.
Nun weine ich in erster Linie nicht um die anderen, sondern alleine um mich. Nicht hemmungslos. Eher still. Mit Verena im Arm.

Nur kurz darauf stellt sich aber schon der Trotz ein. Ich werde mir doch nicht von diesem blöden Krebs das Leben versauern lassen. Ich wische Verena und mir die Tränen aus den Augen und höre mir an, was sie zu sagen hat. Nichts Neues. Dass ich Krebs habe eben. Und das nun sicher. Mehr erfahren wir dann um 13.00 Uhr bei Dr. Weh.
Jetzt brauche ich Ablenkung. Es gibt genug zu tun. Das sage ich Verena.
Und höre da, ich kann sprechen!
Ich bin selbst überrascht, wie gut meine Stimme dabei klingt. Wie kann das alles sein? Es geht doch bergauf?! Und dann soll die eben wiedergewonnene Stimme bald erneut und für immer gekappt werden?
Am liebsten würde ich nun weiterreden und alles loswerden, was mich so beschäftigt. Aber meine liebe Frau mahnt zurecht die Stimmschonung ein.
Also lenke ich mich mit etwas ab, bei dem man keine Stimme braucht: Ich lackiere Heizkörper, Verena räumt inzwischen die Küche ein. Das Leben geht weiter. Und das ist gut so.

Um 13.00 Uhr haben wir den kurzfristigen Termin bei Dr. Weh bekommen. Meine Schwiegermutter Eva begleitet uns. Einerseits zur Unterstützung. Andererseits hören sechs Ohren mehr als vier und entscheiden drei Herzen und Bäuche besser als zwei.
Wir fahren bei strahlend blauem Himmel ins Krankenhaus (warum muss es eigentlich immer Schönwetter sein, wenn mir die schlechten Nachrichten um die Ohren fliegen?).
Der Wahlkampf zum Bundespräsidenten ist gerade am Laufen. Ich nehme viel selektiver wahr, als zuvor. Und so fällt mir beim Vorbeifahren eine Wahlwer-

bung von Van der Bellen ins Auge. Er hat sich den Slogan „Ich bitte Sie um Ihre Stimme. Ich werde sorgfältig damit umgehen!" aufs Plakat geschrieben.
Genauso einen bräuchte ich jetzt. Dem ich meine Stimme anvertrauen kann und der sorgfältig damit umgeht.
Ich hoffe, dass es in meinem Fall Dr. Weh ist. Dieser bekundet mir zuerst einmal aber sein Mitleid. Irgendwie habe ich das Gefühl, dass ich ihm ein bisschen leid tue. Er vertraut uns an, dass er in etwa in meinem Alter sei. Und wahrscheinlich mehr in seinem Leben geraucht habe, als ich. Ich habe schlicht und einfach Pech gehabt. Irgendwie beruhigt mich das und mildert die Vorwürfe, die ich mir selbst machen könnte.
Nichtsdestotrotz gehe es nun darum, nach vorne zu blicken und eine Entscheidung zu treffen. Es gäbe grundsätzlich zwei Möglichkeiten. Erstens, wir führen eine Entfernung des Stimmbandes durch. Chirurgisch gesehen die beste Lösung. Wie gesagt: so gut wie 100% sicher, dass ich den Tumor dann los bin.
Zweitens die Strahlentherapie mit einer ebenfalls sehr hohen Heilungschance, vorsichtig ausgedrückt so bei 90%. Der Vorteil daran wäre, ich würde meine Stimme mit einer kleinen Einschränkung behalten können…
Ich will laut „Antwort B" schreien, was aber nun doch noch nicht geht. So muss ich mir wohl oder übel die Nachteile auch noch anhören.
Der Nachteil daran sei, dass eine Operation nach einer missglückten Strahlentherapie so nicht mehr möglich sei. Da die Bestrahlung nicht nur den Tumor angreife, sondern ebenso das gesunde Gewebe, erschwere das den Eingriff und man müsste dann mit großflächigeren Entfernungen rechnen. Also nichts mehr mit ei-

nem Stimmband weg. Im schlimmsten Fall könnte dann der Kehlkopf daran glauben. Und da ich schlimmste Fälle seit neuestem nicht mehr ausschließe, habe ich natürlich schon Bilder mit künstlichem Eingang im Hals und höre mich mit der sogenannten Speiseröhrenstimme sprechen. Und muss mir dabei die Frage stellen, ob das Leben so weiter lebenswert wäre.

Ich brauche mich nicht gleich zu entscheiden, denn am darauffolgenden Montag findet eine Tumorkonferenz statt, bei der die Mitglieder der unterschiedlichen Professionen (Chirurgen, Radiotherapeuten und Onkologen) die geeignetste Maßnahme für den jeweiligen Patienten diskutieren.
Einmal mehr fühle ich mich trotz der widrigen Umstände ganz gut aufgehoben. Man sollte meinen, eine derartige Konferenz sei Standard. Aber wie ich von meiner Mutter weiß, hat es so etwas damals gar nicht gegeben. Und wie ich von einigen Ärzten gehört habe, ist das nicht in jedem Krankenhaus heutzutage üblich. Erschreckend, wie ich finde.
Bis dahin sollte ich mir jedenfalls Gedanken machen, was ich präferieren würde.
Ein letztes Mal versuche ich es mit einem verzweifelten Gedankenausweg. Es könnte doch sein, dass mit der Entfernung der Leukoplakie auch der Krebs entfernt worden ist. Also könne man doch vielleicht einfach abwarten und nichts tun.
Noch während ich das vorschlage, beerdige ich aber meine Hoffnungen. Ich bin mir doch recht sicher, dass Dr. Weh diese Idee wohl mit in Betracht gezogen hat.
Hat er auch und es ist leider keine Alternative. Das könne man zwar machen, man müsse aber in regel-

mäßigen Abständen Biopsien entnehmen, um sicherzustellen, dass der Krebs sich nicht ausbreite. Dies käme einer schrittweisen Entfernung des Stimmbandes gleich. Und dass das keinen Sinn macht, muss ich mir leider selbst eingestehen.

Nach einer kurzen Besprechung (bei der ich mitreden kann!) mit Verena und Eva steht der Beschluss dennoch so gut wie fest: Wir werden das Risiko eingehen und die Bestrahlung der Operation vorziehen. Zu schwer wiegt der psychosoziale Aspekt bei Stimmverlust. Und das in einem Alter von nur 42 Jahren!
Dr. W. widerspricht Gott sei Dank nicht. Im Gegenteil, er unterstützt den Entschluss und versteht ihn vollkommen. In meinem Fall würde er sich wohl ebenso entscheiden. Und er könne diese Entscheidung bei der Tumorkonferenz mit gutem Gewissen vertreten. Sollten wir es uns dennoch anders überlegen, sollen wir ihm noch Bescheid geben. Zum Abschied drücke ich ihm als kleines Dankeschön noch mein Buch „786" in die Hand, in dem es groteskerweise ja unter anderem um Krebs geht. Der Kreis schließt sich…

Vor dem Krankenhaus versuchen wir, die Situation zu analysieren. Ist das nun gut oder schlecht? Genau wissen wir es alle nicht. Fakt ist aber, dass jetzt zumindest eine Entscheidung gefallen ist. Und das befreit irgendwie. Nicht mehr in der Luft zu hängen und zumindest grob zu wissen, was passiert.
Ich nutze meine neu gefundene Stimme, um mit meinem Bruder Thomas und mit meiner Chefin Anja zu telefonieren und sie auf dem Laufenden zu halten. Klar ist jetzt schon, dass mein Krankenstand vorerst

auf Unbestimmt verlängert wird. Und immer klarer wird mir auch, dass ich mich mit der Bestrahlungsvariante ganz gut abfinden kann.
Ich hoffe nur, dass sie bei der Tumorkonferenz nichts Anderes entscheiden.

Zwischenraum III

21.04.2016. The day after (frei zu übersetzen vielleicht auch mit: „Der Tag, der für den Arsch war"). Wieder einmal heißt es eine Entscheidung abwarten. Und wieder einmal überbrücke ich die Zeit mit Arbeit. Ich habe Gott sei Dank ein Menge Wände zu bepinseln, nicht auszumalen! Neil ist kurz vor der Finalisierung des Umbaus und die Wohnung nimmt immer mehr Gestalt an.

Zwischendurch kommt Toni auf Besuch. Spontan. Als wäre es nur Zufall. Er will wissen, wie es mir geht. Nicht nur, weil man das so macht, als Schwiegervater, sondern weil er und Romana mich mittlerweile einfach wirklich liebgewonnen haben. Irgendwie berührt mich der Satz und ich kann ihn nur zurückgeben.

Seine Frau Romana (Eva und Toni haben sich bereits lange zuvor scheiden lassen) kommt am nächsten Tag. Sie hilft uns beim Putzen des Hauses und beschleunigt so den Endspurt. Überhaupt ist heute der Erste-Hilfe- und-Besuchstag. Mein Freund Mike kommt zum Müll entsorgen, unser Trauzeuge Andi schaut vorbei, um zu sehen, wie es uns geht und Eva und Dragan helfen uns am späten Nachmittag beim Aufbau der 69 Pakete, die bei uns in der Garage stehen.

Das Wochenende vergeht wirklich schnell und wir schaffen es in der Zeit, fast das komplette untere Geschoss neu einzurichten. Zwischendurch kommt Verenas Tante Margit vorbei. Auch sie will wissen, wie es mir geht. Die Antwort überlasse ich meiner Frau.

Ich habe grade überhaupt keine Lust auf Widerkäuen. Das Schöne ist aber, dass es genauso passt und niemand beleidigt ist, oder sich nicht genug beachtet fühlt.

Mein Bruder, seine Frau Susi und ihre knapp sechs Monate alte kleine Tochter Josefina (also meine Nichte, stolz angemerkt) schauen ebenfalls vorbei. Spontan helfen sie mir noch, mein neues Bett im 1. Stock aufzubauen. Thomas hat wohl zwei linke Gehirnhälften, was ihm das logische Denken sehr erleichtert. Andererseits hat er auch zwei linke Hände, was ihm die Umsetzung wieder etwas erschwert. Da ist Susi dann doch wesentlich geschickter und gemeinsam gelingt es in erstaunlich schneller Zeit, meine neue Schlafstelle zu installieren.

Samstagabend ist fast alles fertig. Den Rest erledigen wir am Sonntag. Und falls jemand von „Guinness Buch der Rekorde" dies liest: Es gelingt uns einen sieben Mal zweieinhalb Meter großen Kasten von Ikea zum dritten Mal ab und zum vierten Mal wieder zusammenzubauen. Neuer Weltrekord!

Bis auf wenige Kleinigkeiten ist unser zu Hause nun fertig. Wir sind mächtig stolz und sehr zufrieden. Wir können uns darüber freuen und das zeigt, dass es neben der Krankheit auch wieder andere Dinge gibt.

Nur zwei Stunden später wird sich herausstellen, ob sich Jeanny genauso freuen kann. Heute ist es wirklich soweit und sie kommt wieder zurück. Tom und Marianne geben sie nur ungern wieder her. Man merkt, dass die drei sich schon liebgewonnen haben. Zu Hause zischt sie sofort ins Wohnzimmer und bleibt dort wie angewurzelt stehen. Was folgt, ist für mich

der letzte Beweis, dass Hunde denken können. Obwohl sie wenig sieht und hört, ist ihr die Komplettveränderung ihres Hauptwohnsitzes nicht entgangen. Die Zahnriemchen im kleinen Hundehirn mahlen hörbar und in höchster Aufmerksamkeit und Konzentration. Vorsichtig erkundigt sie alles und probiert aus. Teppiche, Sofa und ihr neues Hundebett. Und das Allerwichtigste: Wo steht der Fressnapf?
Es dauert im Endeffekt noch zwei, drei Tag, doch sie gewöhnt sich rasend schnell an die neue Umgebung. Und akzeptiert es als ihr neues zu Hause, in dem sich ein Hund wohlfühlen kann.

Manche Menschen sind wie Sterne – sie können leuchten und strahlen

Am Montag findet die Tumorkonferenz unter Ausschluss der Patienten statt. Erst am Dienstag, den 26.04. erfahre ich daher beim Kontrolltermin bei Dr. W. das Ergebnis. Die Experten tendieren tatsächlich einhellig zur Bestrahlung.
Mir fällt ein Stein vom Herzen, weil sich dieses Mal nichts verändert. Auf das habe ich mich eingestellt und genau so wird es gemacht. Wunderbar.
Die Konsequenzen sind mir klar, ich will sie aber gar nicht so genau wissen. Das muss jetzt einfach passen. Und das wird es auch!
Dr. W. steckt mir daraufhin ein weiteres Mal die Kamera in die Nase. In mir drinnen schaut es ganz in Ordnung aus. Die Wunden von der OP verheilen gut.
Grund genug, um ihn zu fragen, ob ich imstande bin, ab 05.05. mit Freunden nach Triest zu fahren, um Verenas runden Geburtstag in dieser unrunden Zeit zu feiern.
Aus ärztlicher Sicht spräche nichts dagegen. Eine Aussage, über die ich mich sehr freue, heißt es doch einmal ganz wegzukommen von diesem Wahnsinn.
Was mich noch wahnsinnig freut ist, dass Verena meine neue Vespa für mich anmeldet. Oder besser gesagt, meine alte Vespa. Baujahr 1965. Einen Lebenstraum in Blau, den ich mir knapp vor der Krankheit verwirklicht habe. Zwischendurch stellt der erhobene Zeigefinger natürlich die Frage, ob das jetzt in Ordnung sei. Es kämen sicher Behandlungskosten auf mich zu und der Verdienst werde durch den langen

Krankenstand weniger werden. Könne man sich das in diesen Zeiten leisten?
Gott sei Dank habe ich meinen Lebtag oft genug auf den erhobenen Zeigefinger gepfiffen. Und das tue ich ebenso jetzt. Ich finde es im Gegenteil unglaublich wichtig, dass man sich die schönen Dinge nicht vergällen lässt. Und so darf ich mich ungetrübt darauf freuen, auch wenn ich den Führerschein für diese Kategorie erst nachmachen muss.
Ein paar Mal hätte ich es schon probiert. Immer wieder sind aber Operations- und Arzttermine dazwischengekommen. Am Wochenende sollte es dann so weit sein.

Zuerst haben wir allerdings am Mittwoch, den 27.04. noch einen weiteren wichtigen Termin. Dieses Mal allerdings beim Radioonkologen (bei dem es sich leider um keinen verwandten Hörfunkmoderator handelt).
Wieder sind Verena und Eva mit dabei. Wieder gilt das drei- Herzen-drei Bäuche-Prinzip.
Es ist Vormittag, 9.30 Uhr und wir sitzen im Wartebereich der radiotherapeutischen Abteilung. Es ist wirklich kein schöner Bereich. Nicht nur, dass alles hier alt und steril wirkt. Auch die Patienten, die hierherkommen, haben durch die Bank mit schlimmen Diagnosen zu kämpfen. Den meisten sieht man das an.
Nach einer längeren Wartezeit werden wir schließlich aufgerufen und in das Arbeitszimmer des stellvertretenden Oberarztes geleitet. Das Büro ist irgendwie faszinierend. Es ist nicht sehr groß, ebenso alt, unrenoviert und verlebt wie der Rest des Gebäudes und mit Unmengen von Akten und Ordnern bedeckt. Mittendrin sitzt Dr. K., der uns fast salbungsvoll bittet,

Platz zu nehmen. Noch bevor er sich meinem Fall zuwendet, erklärt er uns die Aktenlage. Die Roten seien die aktuellen Problemfälle. Nicht geheilt oder nicht heilbar. Ein beachtlicher Stoß. Aber viel beachtlicher ist der Stapel der grauen Akten. Geheilt oder zumindest als vorübergehend krebsfrei entlassen, erläutert er uns. Und injiziert uns wie ein Magier die Hoffnung ein, in einigen Monaten auf dem grauen Stoß zu landen.

Überhaupt ist Dr. K. auf seine eigene Art und Weise sehr sympathisch und beruhigend. Er ist nicht der lässige Typ wie Dr. W., mit dem man gerne auf ein Bier gehen und versumpfen würde. Viel mehr ist er so eine Art Übervater. Und wir, die Patienten, sind alle seine Kinder. Strahlemann und Söhne sozusagen. Mit Tochtergesellschaft.

Mit unglaublicher Geduld beantwortet er alle Fragen und schafft es, Hoffnung auf ein gutes Ende zu geben, ohne das Blaue vom Himmel zu versprechen. Und so gehen wir alle drei beruhigter aus dem Raum heraus, als zuvor hinein.

Die Behandlung wird am 16.05. beginnen und ist für 35 Einheiten angesetzt. Das heißt, ich muss in dieser Zeit täglich von Montag bis Freitag ins Krankenhaus kommen und mich bestrahlen lassen. Das Ganze läuft ambulant ab. Also rein in die Klinik, bestrahlen lassen und wieder nach Hause. Das klingt ja gar nicht so übel.

In den ersten zwei Wochen sollten sich dabei keine sonderlichen Veränderungen ergeben. Dann können v.a. Schluckbeschwerden und Rötungen der Haut auftreten. Das Ganze kann zum Ende der Behandlung recht schmerzhaft werden. Muss es aber nicht. Ich denke, ich werde das schon durchhalten. Hauptsache der Tumor ist dann wirklich weg. Verbrannt, vernichtet, zerstört. Die selten vorkommenden Nebenwirkungen wie (vorübergehender) Geschmacksverlust lasse ich mal so auf dem Blatt Papier, das ich unterschreiben muss, stehen, ohne mich genauer damit zu beschäftigen.

Ich werde im Anschluss gleich zur Anpassung meiner neuen Gesichtsmaske geschickt. Das kann ich dann alleine und so fahren Verena und Eva zur Arbeit.
Es dauert nicht lange, da werde ich von einem Pfleger geholt. Ein kleines Team verpasst mir mit professionellen Handgriffen die hannibal-lektorsche Gesichtsbedeckung. Diese wird in Zukunft dazu dienen, mich bewegungslos an den Bestrahlungstisch zu fixieren. Nur so kann gewährleistet werden, dass immer derselbe Bereich bestrahlt wird und nur so kann auch das Bestrahlungsfeld möglichst klein gehalten und das umgebende Gewebe damit geschont werden.
Kaum ist die Maske abgehärtet, werde ich schon das erste Mal damit angeschnallt und ins MRI geschoben. Gott sei Dank bin ich kein ängstlicher Mensch. Ich kann mir aber gut vorstellen, dass man hierbei durchaus Panik bekommen kann.
Zuletzt erhalte ich noch Markierungen an Armen und Oberkörper, damit ich in Zukunft genauso auf dem Bestrahlungstisch liege wie jetzt. Mit diesen Markierungen darf ich die nächsten drei Monate herumlaufen. Gebrandmarkt wie das liebe Vieh auf der Weide. Man könnte es aber als Laie auch für ein ungelungenes und etwas sinnloses Tattoo halten.

Dann darf ich nach Hause. Zuvor vereinbare ich aber auf der HNO-Abteilung noch einen Termin. Tags darauf, gleich um 7.45 Uhr bei Dr. W.
Es handelt sich zwar nur um eine Kontrolle und anschließende Routineuntersuchungen, bevor die Bestrahlung beginnt. Aber die Lockerheit in solchen Angelegenheiten ist nicht mehr ganz so da. Eine ungesunde Portion Misstrauen gegenüber dem eigenen Körper hat sich bereits eingeschlichen.
Im Hals ist jedoch alles in Ordnung. Es folgt ein Lungenröntgen, dass einem als (Ex-)Raucher etwas Sorgen bereitet. Ich frage mich noch, wie es mit einer doppelten Krebsdiagnose so wäre, bekomme aber kurz drauf die Entwarnung und kann mit der halbwegs gesunden Lunge erstmal tief durchatmen. Beim Halsultraschall bin ich relaxter. Das wurde erst vor Kurzem durchgeführt und mit positivem Befund abgeschlossen. So ist es auch dieses Mal.
Zum Abschluss besprechen Dr. W., Verena und ich nochmals die Entscheidung.
Es kann und wird bestrahlt werden. In der Zwischenzeit dürfen wir uns aber entspannen. Bis zur Behandlung gibt es von ärztlicher Seite nichts mehr zu tun.
Ich habe quasi Urlaub von meiner Krankheit. Und den will und werde ich mir nehmen. Ich freue mich schon auf Triest und habe das Gefühl, mir das jetzt wirklich verdient zu haben.

Zwischenraum IV

Die nächsten Tage verlaufen tatsächlich sehr entspannt. Eigentlich wollte ich damit beginnen, das vorliegende Buch zu schreiben. Irgendwie ist aber alles noch zu frisch und ähnlich wie nach der Operation verordne ich mir dieses Mal selbst ein Verbot. Ein Schreibverbot. Zumindest bis nach dem Urlaub in Triest.

Was ich mir auch verordne ist ein Ausgang mit Freunden. Der erste seit ca. einem Monat. Wir treffen uns in einem Nichtraucherlokal. Gott sei Dank ist es kein Nichttrinkerlokal. Natürlich wird der aktuelle Status Quo besprochen. Dann darf ich die Krankengeschichte jedoch ad acta legen und wir reden über dies und das. Ich höre noch mehr zu, als ich selbst spreche, merke aber, wie das Bier meine Stimme schmiert und diese immer geschmeidiger wird. Oder ich bilde es mir zumindest ein.
Der Abend ist lustig und befreiend. Am liebsten würde ich gar nicht nach Hause gehen. Im Vergleich zu mir müssen die anderen jedoch arbeiten. Das hatte ich wohl ganz vergessen.

Am Freitag erhalte ich Besuch zu Hause. Stefan weiss ganz gut, wie ich mich gerade fühle. Immerhin hatte er vor zehn Jahren die Diagnose „Verdacht auf Knochenmarkskrebs" erhalten. Umso härte r, hatte er doch gerade frisch eine Familie gegründet.
Bis heute ist er unter Beobachtung. Bis heute ist die Krankheit aber nicht ausgebrochen. Vielleicht wird sie es niemals tun. Das Damoklesschwert schwebt jedoch.

Nur lässt er sich mittlerweile von diesem nicht mehr so beeindrucken.
Es ist schön, wieder mal mit ihm zu reden, zu philosophieren und zu schwadronieren. Der Damenspitz trägt den Rest zur Bequemlichkeit bei. Meine Synapsen versuchen natürlich sofort, wieder eine Verbindung zum Nikotin herzustellen. Es gelingt ihnen nicht und ich registriere mit Befriedigung, dass mein Bedürfnis nach Zigaretten kaum vorhanden ist. Dem Bedürfnis nach noch einem Bier muss ich ebenso einen Riegel vorschieben. Ich möchte nichts übertreiben. Außerdem habe ich am nächsten Tag meine Fahrstunden für den Code111, den ich brauche, um meine Vespa lenken zu dürfen.

Wofür ich diese Stunden brauche, geht mir zwar nicht ganz ein, aber Gesetz ist Gesetz und da kommt man nun mal nicht dran vorbei. Jedenfalls fahre ich gemeinsam mit einigen anderen Fahrschülern zum Messezentrum in Salzburg, um am dortigen Parkplatz vier Stunden zu üben.
Als einziger habe ich auf einen Roller mit Schaltung bestanden. So etwas gibt es jedoch nicht bei der Fahrschule. Daher bekomme ich eine KTM 125 Duke zur Verfügung gestellt. Wohl der Traum eines jeden 16-jährigen Posers.
Ich bin glücklich mit der Entscheidung, denn während die anderen langweilig mit ihren Automatikrollern um die Hütchen herum manövrieren, macht mir, nach gemeinsamen Kennenlernen, das Fahren bald richtig Spaß. Gegen Ende will ich sie dann gar nicht mehr hergeben, muss mich dann aber doch von ihr und vom 16-jährigen Poserfeeling verabschieden. Schließlich wartet auf mich kein Burschentraum, sondern eine

Grande Dame. Da kann die Duke allemal wieder zurück in die Garage.

Ansonsten plätschern die Tage wunderbar vor sich hin. Im Rahmen des Umbaus ist sich ein kleines Arbeitszimmer für mich ausgegangen, inklusive einem neuen Arbeitsplatz mit Stand-PC. Das Ganze wird schnell zum Kinderzimmer umfunktioniert und ich sitze stundenlang vorm Computer und tue nichts Anderes als in der virtuellen Fantasywelt einem Monster nach dem anderen eine reinzuhauen. Seit Jahren habe ich mir diese Regression in die Jugend schon gewünscht. Das Leben kann so schön sein!

Zwischendurch schaue ich auch mal in der Realität vorbei und gehe einkaufen. Am liebsten mache ich das beim Bauernmarkt, der jeden Freitag ganz in der Nähe in Grödig zu Gast ist. Dabei lacht mich dieses Mal ein Porterhousesteak an. Die Augen sind jedoch wieder einmal größer als der Magen und ich kaufe das halbe Vieh auf. Kurzerhand beschließen wir, Eva und Dragan am Abend zum Grillen einzuladen. Als kleines Dankeschön fürs Helfen. Zum Steak gibt's frischen Spargel mit einer Cognac-Speck-Vinaigrette und zartbraun gegarten Knoblauchzehen. Das Leben kann so schön sein!

Am 03.05. geht's noch mal zum Freund und Hausarzt, Doc M. Er unterstützt das Projekt „Bestrahlung" und ist guter Hoffnung auf Gesundung. Als alter Homöopath und Druide legt er mir noch dringend eine Misteltherapie ans Herz. Fast fahrlässig, das nicht zu tun. Also ab mit dem Rezept zur naheliegenden SGKK und chefarztgenehmigen lassen.

Ein bisschen muss ich warten, bevor ich das Schreiben vorlegen kann. Und tatsächlich nimmt sich ein Chefarzt, oder in diesem Falle eben eine Chefärztin meiner an. Sie will es gar nicht glauben, dass ich mit meinem jungen Alter ein Stimmbandkarzinom ausgefasst habe. Und *selbstverständlich* stellt sie mir die Genehmigung aus. Als Tipp gibt sie mir noch mit auf den Weg, dass ich nach der Behandlung fünf Jahre lang Anrecht auf eine bezahlte Kur habe. Und das, obwohl ich dann doch hoffentlich wieder gesund bin? Ich revidiere meine schlechte Meinung von schlechten Ämtern. Vielleicht schafft das der da oben ja auch noch. Mit ein bisschen gutem Willen geht alles, wie man sieht.

Jeanny kommt mittlerweile wieder zu Tom und Marianne. Dieses Mal aber wirklich nur für die paar Tage, an denen wir in Triest sind. Und dann ist es schon so weit: Meine ewig jung gebliebene Frau wird am nächsten Tag vierzig.
Es ist Dienstag und weil wir ja am Donnerstag ohnehin alle fortfahren, will sie heute nach der Arbeit kurz mit ihren Kollegen anstoßen. Das kurz wird länger und zieht sich über Mitternacht dahin. Sie schreibt immer wieder per SMS, ob das für mich in Ordnung ist. Ich verstehe sie voll und ganz und gönne es ihr von Herzen, dass sie ihren Vierziger, der naturgemäß sowieso schon mal gar nicht so einfach zu ertragen ist, nicht zu Hause verbringen möchte. Ich wäre aber natürlich gerne dabei gewesen, um gemeinsam hinein zu feiern.
In Triest werden wir dann aber alles nachholen.

Es ist schlussendlich halb fünf geworden. Dennoch geht sich am Vormittag ein schönes Frühstück mit einer wunderbaren Räucherfischplatte vom Fischhändler aus. Den Rest des Tages wäre ausruhen und packen angesagt.
Zwischendurch läutet jedoch das Telefon. Jeanny geht es wieder nicht gut. Sie hat Durchfall und bricht. Kurzerhand hole ich sie und Tom ab und fahre mit ihr zum Tierarzt, der praktischerweise mein Nachbar ist. Er gibt ihr eine Spritze, Tabletten und verordnet ihr eine Topfen-Reiskur zum Fressen. Hätte Jeanny das gewusst, wäre sie wahrscheinlich nicht mitgekommen. Dann darf ich sie gemeinsam mit Tom wieder zurückbringen. Marianne und er lassen sich Gott sei Dank von ein bisschen Ausfluss nicht davon abhalten, weiterhin auf sie aufzupassen.
Der Urlaub ist also nicht gefährdet.

Abends wäre bei Schönwetter ein Besuch im Gastgarten geplant gewesen. Schön ist das Wetter leider wirklich nicht. Daher springt Eva kurzfristig ein und bereitet bei sich zu Hause etwas vor. Die beste Freundin von Verena, Martina, sitzt bereits im Zug und kommt direkt dorthin.
Verschwörerisch plane ich mit Eva und Martina noch die Präsentation des Geschenkes. Dabei bin ich heilfroh, wenn das jemand übernimmt. Bei mir sieht das meist so aus, als hätte jemand die Biomüllreste in eine Zeitung eingepackt.

Zur Vorspeise gibt es für die italienaffine Familie originale Antipasti frisch vom Italiener etwas weiter weg ums Eck. Der Besitzer, Salvatore, ist mittlerweile ein Freund von uns allen geworden und hat uns letztes

Jahr bei der Planung und Umsetzung der Hochzeit unterstützt. Von ihm hat Eva auch den Trüffel, den sie nun einfach, aber genial auf die handgefertigten italienischen Nudeln hobelt.

Dann ist es soweit und es erfolgt die Geschenkübergabe. Jetzt wird sich herausstellen, ob ich total danebenliege und Verena mich sofort verlässt, oder ob sie die Idee ebenso super findet, wie ich.
Sie erhält ein Umstyling á la „Germanys Next Topmodel" bei einem Friseurweltmeister in Salzburg, inklusive einem professionellen Fotografen, Einkaufsgutscheinen für die Altstadt und ein gemeinsames Essen beim Nobelitaliener mit allen Gönnern.
Am Anfang ist sie etwas verwirrt, da das Geschenk aus lauter verschiedenen Gutscheinen besteht. Erst als sie das Ganze zusammensetzt, versteht sie die Genialität dahinter.
Ich atme jedenfalls erleichtert auf, denn Verena gefällt das Geschenk und sie findet es richtig „cool".

Eva beendet den schönen Abend schließlich mit einer weiteren Überraschung. Sie hat ein Rezept der verstorbenen Oma, für Verena eine sehr wichtige Person im Leben, ausgegraben. Wobei ausgegraben in diesem Zusammenhang vielleicht etwas morbid klingt. Sie hat besser ein altes Oma-Kuchen-Rezept gefunden und ihn beinahe originalgetreu nachgebacken. Mit genau 40 Kerzen auf dem Buckel und unlöschbaren Kindheitserinnerungen im Teig verrührt löst er einen wunderbaren Moment der Rührung bei meiner Frau aus. Ich freue mich einfach mit und bin froh, dass es allen trotz meiner Krankheit gelungen ist, ihr einen schönen Abend zu bereiten.

Am nächsten Tag geht es dann vormittags ab nach Triest. Natürlich steht der Zeigefinger wieder einmal erhoben da und fragt mich tadelnd, ob das nicht doch noch ein bisschen zu anstrengend für mich sei. Einmal mehr pfeife ich aber auf ihn und freue mich richtig darauf aus Salzburg wegzukommen und alles hinter mir zu lassen.

Kurz nach der Abfahrt denke ich mir, ob er nicht doch Recht hat, der Zeigefinger, denn ich bilde mir ein, dass im Hals irgendetwas schlechter geworden ist. Wahrscheinlich ist es aber nur ein Phantomschmerz, denn je näher wir der Grenze kommen, desto mehr verschwindet er schließlich.

Die Sonne gibt auf der weiteren Fahrt immer mehr von ihrem eigentlichen Wesen preis und kurz vor Triest strahlt sie uns schon freundlich an. Sie mag Italien wohl lieber als Österreich.

Wir machen Halt beim Rilkeweg in Duino und schauen am Aussichtspunkt das erste Mal in diesem Jahr aufs Meer. Ein Eindruck, der immer wieder überwältigend ist.

Im Zweiautoconvoy treffen wir dann nach nur vier Stunden reiner Fahrzeit am endgültigen Zielpunkt ein. Unsere Unterkunft ist eine alte Villa am Stadtrand von Triest. Wo einst wohl reiche Italiener residierten sind heute eine überschaubare Menge an Touristen zum überschaubaren Preis untergebracht. Der Glanz der früheren Zeiten lässt sich aber noch erahnen.

Einer geht dabei noch ab. Harry. Aber das ist immer so. Der wird nachkommen. Und um den muss man sich keine Sorgen machen.

Die Mädels brauchen noch etwas länger und daher spazieren Markus, Gernot und ich schon mal vor zum Kern der Stadt. Am Canale Grande finden wir schnell ein Lokal fürs erste Getränk. Bei einem Bier haken wir das Krankenthema schnell ab. Ab hier ist Urlaub und Genießen angesagt.

Das Wochenende wird traumhaft. Das Wetter passt und unsere kleine Gruppe wirkt, als würde sie sich schon ewig kennen. Das tut sie in Wirklichkeit erst seit der Hochzeit letztes Jahr in Tropea.
Wir gleiten dahin, ohne Stress und Druck. Die Grüppchen trennen sich und treffen sich. Harry ist mittlerweile auch dabei.
Am Freitag führt Markus uns mit einer alten Straßenbahn in die Hochebene von Triest. Der Weg hinauf ist so steil, dass die Bahn auf einer Teilstrecke von einem Stahlseil hinaufgezogen werden muss. So läuft das hier schon seit über hundert Jahren.
Oben angekommen gibt es einen Wanderweg, den wir aber nur für wenige hundert Meter ausnutzen. Dann pausieren wir mit einem einzigartigen Blick auf die Altstadt zu einem Picknick mit Salami, Prosciutto Cotto und Crudo, Käse und einem Roten aus der Plastikflasche. Irgendwie haben die Italiener den Umstieg auf den Schraubverschluss verpasst. Oder ihn verweigert. Wie auch immer, selbst dieser Wein schmeckt gar nicht so übel.

Am Abend findet dann die Geburtstagsfeier von Verena statt. Sie hat die Trattoria „Suban" ausgewählt, über die man bei Recherchen über die besten Restaurants der Stadt immer wieder stolpert. Noch dazu ist sie gar nicht weit weg von unserer Unterkunft.

Das Lokal wird seinem Ruf gerecht. Anders als in Italien gewohnt bietet es hauptsächlich Fleisch an. Dieses ist hervorragend zubereitet und wird von einem äußerst freundlichen und amüsanten Kellner, der ursprünglich aus der Schweiz stammt, mit italienisch-deutschen Kommentaren serviert. Mein Magen ist dermaßen voll, dass er kaum mehr das Bier aufnehmen kann, das einsam vor mir steht. Eigentlich würde ich lieber Wein dazu trinken. Einerseits gebietet es mir meine Krankheit jedoch, keine säurehaltigen Getränke zu mir zu nehmen. Und andererseits habe ich eine Fructoseintoleranz. Also trinke ich als echter Außenseiter eben Bier.
Das Lokal sperrt gegen Mitternacht zu und wir stehen vor DEM klassischem Problem. Es ist noch zu früh, den Abend zu beenden. Aber zu spät, um jetzt noch in die Stadt zu fahren. Unser Kellner hat das Problem schnell erfasst und rasch die Lösung parat, die wir uns nicht auszusprechen trauten: Er füllt uns kurzerhand den Wein in Plastikflaschen ab. Damit lässt es sich arbeiten.
Ich hingegen bekomme noch zwei Bier mit auf den Weg. Leider warm. Ich glaube ich habe ihnen den kompletten Vorrat aus dem Kühlschrank ausgetrunken. Nicht weil ich so ein gestandener Biertrinker bin. Eher, weil keiner sonst auf die Idee kommen würde, sich eines hier zu bestellen. Und so haben sie wohl immer nur ein paar Verlegenheitsflaschen in der Kühlung.
Mit den so erworbenen Schätzen machen wir uns auf den Weg nach Hause. Gleich nebenan ist ein großer Park. Und wie es der Zufall so will mit einer netten Laube neben einer ebenso netten Villa. Wir werden wohl nie erfahren, ob wir uns auf einem privaten oder

einem öffentlichen Gelände zusäuseln. Es ist auch egal. Das Leben ist schön.

Tags darauf verkleinert sich die Gruppe. Harald fährt bereits nach Hause. Er hat am Montag Zentralmatura. Also nicht er, sondern seine Schüler.
Der Rest von uns fährt mit dem Bus nach Grignano, einem kleinen Hafenstädtchen vor den Toren Triests. Während die anderen klassisch einen Stehkaffee einnehmen, schlendere ich als Kakaotrinker am Hafen entlang, um mir die Boote ein wenig anzusehen. Stattdessen ziehen jedoch seltsame Bewegungen im Meer meine Aufmerksamkeit auf sich.
Bei näherer Betrachtung stellt es sich als eine Qualle heraus. Sie ist handballgross und hat ein wunderschönes blaues Muster. Ich könnte ihr stundenlang bei ihren hypnotischen Bewegungen zuschauen.
Dachte ich zuvor noch, ich wäre auf eine naturwissenschaftliche Sensation gestoßen, sehen wir auf dem Rückweg jede Menge ihrer Artgenossen. Im Hafen von Triest schwimmen schließlich hunderte von ihnen. Erst zu Hause werde ich herausfinden, dass es sich um die sogenannte Wurzelmund- oder Blumenkohlqualle handelt, deren Schirm eine Größe von 50cm bis 90cm erreichen kann und die somit eine der größten Quallen ist, die es gibt. Ein echtes Naturschauspiel war es auf alle Fälle.

Nach einem eher touristischen Menü zu Mittag gehen Verena und Martina shoppen. Gernot, Markus und ich machen uns inzwischen in Triest auf die Suche nach etwas anderen Plätzen und spielen uns mit dem Gedanken, einen Reiseführer namens „Fuckadvisor" ins Leben zu rufen. Mit Plätzen, die nicht stylisch oder

neumodern, sondern einfach irgendwie abgefuckt aber cool sind. Markus hat uns auf die Idee gebracht und ist auf diesem Gebiet anscheinend ein echter Experte.
Mit den beiden Mädels werden wir uns erst am Abend wieder treffen. Zwischendurch machen wir uns auf die Suche nach einem Abendlokal in der Nähe unserer Unterkunft. Die Viale XX Settembre schaut vielversprechend aus, erweist sich allerdings als Touristenmeile.
Fast müssen wir schon aufgeben, als Markus direkt in der Nähe ein kleines aber feines Lokal entdeckt. Wir schauen hinein und sind uns sofort einer Meinung: Das wäre was für den „Fuckadvisor". Abgefuckt aber irgendwie cool.
Wir reservieren im „Garten", in dem zwei Bierbänke stehen und der vielleicht früher einmal ein Innenhof werden wollte.

Kurze Zeit später stellen wir den beiden Mädels unsere Entdeckung vor, nicht sicher ob sie schon bereit für eine Innovation wie den „Fuckadvisor" sind.
Sie sind es und ähnlich begeistert wie wir zuvor. Kaum haben wir uns hingesetzt bedient uns die Ironie des Lebens in Form eines schnarrenden Kellners. Es ist unverkennbar, dass er eine Kehlkopfoperation hinter sich hat. Allerdings wahrscheinlich schon einige Jahre zuvor.
Es ist schön zu sehen, dass er seinen Lebensmut dabei nicht verloren hat. Mit seiner ganz eigenen Stimme, die er sich selbst beigebracht haben dürfte, scherzt er mit uns herum und bringt ganz nebenbei die herrlichsten Gerichte. Es wird ein lustiger und wunderbarer Abschlussabend, der wieder mit einem abgefüllten Wein in Plastikflaschen für die anderen und einem

warmen Bier für mich endet. Dieses Mal allerdings im Hotelzimmer.

Leider geht das verlängerte Wochenende viel zu schnell vorbei. Ein Highlight erwartet uns aber noch auf der Rückfahrt. Wir machen nahe Udine Halt beim Spargelfest in Tavagnacco. Das muss man noch nicht gehört und doch irgendwann einmal gesehen haben.
Es ist wie ein großes Bierfest, allerdings dreht sich hier nicht das Wiesenhendl und es werden auch keine Maß ausgeschenkt. Im Mittelpunkt steht ganz alleine der Spargel, der am Rande von exzellenten Weinen aus der Umgebung begleitet wird. Man kann hier aus einem großen Sortiment wählen und das Glas kostet immer unglaubliche 1,50 Euro.
Wir sind früh dran und können aus vorderster Reihe beobachten, wie die Schlangen immer länger werden. Das stört hier aber niemanden. Es wird einfach geplaudert und diskutiert. Nebenbei stellt man eben ab und zu einen Fuß vor den anderen. Bei uns ist es ja schon eine Katastrophe, wenn an der Supermarktkassa mehr als fünf (!) Leute anstehen.
Wir genießen das Flair und das Ambiente und verkosten zu fünft sieben verschiedene Spargelgerichte. So weit sind wir schon, dass wir auf eigene Teller verzichten.
Dann müssen wir allerdings schon wieder abfahren. Nächstes Jahr werden wir unbedingt eine Übernachtung hier mit einplanen, da ist man sich einig. Und ohne es ausgesprochen zu haben, ist man sich wohl auch einig, dass ein Revival folgen wird.

Am Sonntag endet unser Urlaub. Weil es so schön war, beschließen Verena und Martina spontan, noch einen Tag in Salzburg anzuhängen. Am Abend essen wir drei gemeinsam auf der Terrasse preisgekrönten Spargel aus Tavagnacco. Was sonst.

Er ist wieder hier

Am 09.05. beginnt für mich die erste Arbeitswoche seit über einem Monat. Und auch gleich die letzte. Im Moment geht es mir gut, die Stimme ist leicht heiser, aber einsatzfähig und die Bestrahlung beginnt erst nächste Woche. Zwischendurch kann ich also einspringen. Zuerst muss ich aber noch Dr. K. anrufen, ob ich die Mistelkur machen kann. Man merkt gleich, er hält nicht viel davon, aber warum nicht. Und ob es sein könne, dass meine Stimme wieder schlechter geworden ist.
Ich solle das in der HNO-Abteilung vielleicht noch mal überprüfen lassen. Also mache ich für den späten Nachmittag spontan einen Termin in der Ambulanz bei Dr. W. aus.

Dann steche ich mir das Mistelpräparat und fahre im Anschluss nach Obertrum in die Arbeit. Ich bin schon gespannt, denn in der kurzen Zeit hat sich viel getan. Zwei neue Jugendliche sind eingezogen. Ein Bursche ist kurz vor dem Auszug. Mein Langzeitkrankenstandskollege hat sich einvernehmlich getrennt und die neue Kollegin Isabella steht schon in den Startlöchern.
Meine Vertretung muss erst gefunden werden. Heute kommt sich jemand vorstellen. Ich darf mir also quasi den eigenen Mittelsmann für die nächsten Monate selbst aussuchen.
Stefan ist Anja und mir auf Anhieb sympathisch. Umgekehrt scheint es ebenso zu sein. So einfach könnte es gehen.

Meiner Chefin sieht man aber an, dass dies in der letzten Zeit nicht immer so war. Nach einer 90 Stunden-Arbeitswoche wirkt sie nicht mehr ganz so entspannt.

Die Reaktion der Jugendlichen ist anfangs ambivalent. Sie wissen, dass ich eine schwere Krankheit habe. Was sie nicht genau wissen ist, wie sie damit umgehen sollen. Nach ein paar Partien Tischfußball ist aber alles wieder beim Alten und meine Krankheit vollkommen vergessen. Irgendwie, als wäre ich nie weg gewesen. Und die beiden Neuen kennen mich ohnedies nicht und für sie bin ICH quasi der Neue. Ein komisches Gefühl, bin ich doch viel länger hier und habe das Ganze vor sieben Jahren aufgebaut.

Mit vielen Eindrücken verlasse ich die Arbeit und fahre ins Krankenhaus. Ich muss gar nicht lange warten. Routinemäßig geht's mit der Kamera durch die Nase. Aktuelle Fotos werden geschossen.
Und auf denen ist ganz gut zu sehen, dass der Tumor erneut wächst. Er ist wieder da!
Mich schreckt es, wie schnell das Mistvieh sich schon wieder ausbreitet. Doch Dr. W. findet zumindest etwas Gutes darin. Jetzt weiß ich zumindest, *warum* ich bestrahlt werde.
Das meint er ohne jeglichen Sarkasmus und später finde ich es gar nicht so schlecht, dass ich mir mit der Bestrahlung nicht mein gesundes Gewebe umsonst mitbeschädigen lasse.
In dem Moment bestätigt sich aber nur einmal mehr: Ich habe Krebs! Und das zieht mich nach den schönen Tagen zuvor, an denen ich das fast vergessen hätte, wieder ein Stück weit hinunter.

Da trifft es sich ganz gut, dass ich mich am Abend mit Alex treffe. Der hat zwar zuvor noch eine Vorstandssitzung der Salzburger Austria. Danach sind wir aber beide ganz froh um das eine oder andere Bier am Abend. Und so wird das ganze etwas länger als geplant, weil uns immer wieder eine Helles dazwischen rennt. Das ist gut so, denn es lenkt ab. Und abgesehen davon war es ohnedies schon lange an der Zeit, dass wir uns wieder einmal gemeinsam einen gemütlichen Rausch umhängen.

Am Dienstag habe ich frei. Das nutze ich aus, um über meinen Bruder noch einen weiteren Arzt und Freund der Familie, Dr. W.W., zu kontaktieren, der eine ganzheitliche Schiene vertritt. Dieser hat bereits meinen Vater zusätzlich begleitet. Schaden kann es sicher nicht! Und noch dazu gibt es den fachlichen Rat sozusagen ehrenamtlich!

Dann hole ich meine neue große Liebe am Bahnhof ab. Sie ist klein, etwas älter, hat einen wunderschönen Vorbau und einen etwas breiteren Hintern. Genauso, wie es sein soll!
Gerade noch kann ich sie zu mir nach Hause bringen, bevor es zu regnen beginnt. Ich lasse die Garagentür offen, damit ich sie mir zumindest vom Haus aus anschauen kann. Die schönste Vespa der Welt!

Am nächsten Tag bekomme ich von Dr. W.W. eine Liste von unterstützenden Präparaten, die ich mir besorgen sollte. Das kann ich zwischendurch in der Arbeit machen, denke ich mir. So fahre ich also nach Obertrum zur Teamsitzung und in die Supervision.

Das heißt naturgemäß: Reden. Und ich merke, dass es eindeutig schlechter wird. Fast wünsche ich mir die Bestrahlung nun schon herbei.

Nebenbei versuche ich mir die Medikamente zu organisieren, was sich aber als gar nicht so einfach herausstellt und deren Zusammenstellung mich schließlich die ganze Woche in Anspruch nehmen wird. Eines der Präparate ist erst in zwei Wochen lieferbar, das andere hat nun einen neuen Namen, das nächste gibt es in der Apotheke gar nicht, sondern nur in einem Spezialgeschäft in Salzburg. Dann muss ich noch abklären, ob das alles mit der Bestrahlung konformgeht, wobei nicht unbedingt Einigkeit zwischen den Ärzten und unterschiedlichen Professionen herrscht. Was mir die Entscheidung nicht einfacher macht.

Nebenbei frisst alles natürlich eine Menge Geld und ist von der Kostenübernahme von der SGKK so weit entfernt wie die Sonne von der Erde.

Jedenfalls geht mir das alles nach einigen Tagen schon gehörig auf die Nerven und ich bin kurz davor, es einfach sein zu lassen. Da springt wieder mein gelobtes Organisationsgenie ein und schreibt mir Einnahmelisten, Wirkungsweisen und Uhrzeiten auf. Auch das Ehepärchen Andi und Dani unterstützen mich mit ihren Connections in die Pharmabranche. Und so dauert es „nur" zwei Wochen, bis ich schließlich alles erhalte und einen konkreten Plan habe. Seitdem schlucke ich jeden Tag Enzyme, spritze mir alle zwei Tage Misteln, schmiere mich ein, lutsche Tabletten, lege mir Mikroimmunkügelchen unter die Zunge, trinke Vulkangestein und Käsepappeltee. Und habe dabei sogar das Gefühl, dass es etwas hilft!

Bevor es jedoch so weit ist, habe ich erstmal einen 24-Stunden-Dienst vor mir. So erfreulich es ist, wenn die Krankheit einmal nicht im Vordergrund steht, so stressiger ist es dann doch, wenn sie vollkommen ignoriert wird.
Es wird ein intensiver und anstrengender Dienst und von Stimmschonung kann keine Rede sein. Es ist zwar schön, wieder einmal hier zu sein, doch scheint mir die Entscheidung nun sinnvoll und gerechtfertigt, die Zeit während der Bestrahlung nicht zusätzlich mit einem Fulltimejob auszufüllen. Was keiner der KollegInnen in Frage stellt. Außer mir.

Ich brauche fast den kompletten Freitag, um mich zu regenerieren. Gott sei Dank habe ich aber nicht viel zu tun. So wie auch das restliche Pfingstwochenende nicht.

Am Abend entschließen wir uns spontan zu einer Art Abschiedsfeier. Die nächsten Wochen heißt es ohnedies auf Heißes und Kaltes, Scharfes und Saures, Kohlensäure und Alkohol, Fruchtiges und Säurehaltiges zu verzichten.
Unser segensgebender Pfarrer und Freund Willi ist auf Besuch. Anlass genug, dass auch der Trauzeuge Andi und ein weiteres Mal Alex vorbeikommt. Der Abend wird richtig nett und lustig. Nebenbei läuft der Songcontest, mit Platz 13 für Österreich mehr oder weniger erfolgreich. Uns ist es mehr oder weniger wurst. Eher mehr. Gegen Ende hin sowieso, denn ganz nüchtern ist da keiner mehr.
Aufgrund des Pfingstfeiertages bleibt mir am nächsten Tag ja auch noch ein Tag Gnadenfrist, ehe die Bestrahlung beginnt.

Über sieben Brücken musst Du gehen, sieben lange Wochen überstehen

Ich finde es nun wirklich wichtig, dass die Bestrahlung beginnt. Meine Stimme macht deutliche Rückschritte und bewegt sich wieder in Richtung Krächzen.
Ich habe einen Termin um 13 Uhr bekommen. Dieser gilt nun von Montag bis Freitag, sieben Wochen lang. So hat das Ganze zumindest etwas Gutes: Ich kann mir je nach Lust und Laune so gut wie jedes EM-Spiel anschauen. Und wie ich mich kenne, habe ich dazu Lust und Laune.

Am ersten Tag bin ich pflicht- und naturgemäß zu früh dran, komme aber fast sofort an die Reihe. Ein netter Herr mit Vollbart klärt mich über die Gepflogenheiten, Rituale und Abläufe in der Klinik auf und des Weiteren, was ich zu Hause beachten muss, wie es mir voraussichtlich gehen wird und was für Nebenwirkungen ich erwarten kann. Es ist so eine Art Wiederholung für mich. Aber das soll ja eine gute Methode gegen das Vergessen sein.
Dann gibt er mir noch eine gelbe Ambulanzkarte. Hier werden ab heute alle Termine eingetragen. Das erinnert mich irgendwie an die Fernsehserie „Der Club der roten Bänder". Nur das wir hier eben der „Club der gelben Karten sind".
Alles ist natürlich neu und nicht unbedingt etwas, auf das man sich freut. Mir wird jedoch äußerst freundlich die Maske angelegt, mit der ich in den nächsten Wochen immer fixiert werde. Von Anfang an ist diese sehr eng, was das Klinikpersonal von nun an jeden

Tag ein Stück zur Verzweiflung treiben wird. Mir ist es zwar etwas unangenehm, aber für kurze Zeit ist es wirklich auszuhalten.

Dann startet schon die Bestrahlung. Ich teste noch, ob es besser ist mit offenen oder geschlossenen Augen und wie ich mich meditativ am besten verhalte, um mich möglichst wenig zu bewegen, als die Krankenschwester die Beendigung bekannt gibt.

Mir wird die Maske wieder abgenommen und ich denke mir noch: Das war es?

Ich denke wohl laut, denn die Krankenschwester bestätigt dies.Der Prozess der Bestrahlung selbst dauert nur ca. ein bis zwei Minuten. Dann kann ich wieder gehen. Klingt doch alles halb so wild.

Und wie es sich herausstellt, ist es das auch. Zumindest die ersten zwei Wochen nicht. Fast ein bisschen wie Urlaub, tut mir diese Phase sogar ganz gut.

Die erste Woche muss ich mich nur etwas selbst strukturieren. Was nicht unbedingt meine Stärke ist. Ich beginne damit, jeden Tag drei Mahlzeiten zu mir zu nehmen. Das ist eine mehr als sonst, denn Frühstück war für mich bis jetzt ein Fremdwort.

Mit dem geregelten Tagesablauf tue ich mich jedoch leichter, die Medikamente regelmäßig und in einem gewissen Rhythmus einzunehmen.

Körperlich fühle ich mich recht wohl. Die Stimme wird immer besser und ich glaube bereits ein bisschen den Umstand zu bemerken, dass ich nicht mehr rauche. Positiv gesehen. Ich habe zwar etwas zugenommen, weil ich als Ersatzhandlung zum Rauchen um einiges mehr esse. Das ist aber einerseits bei 64 kg und einer Körpergröße von 170 cm nicht tragisch und andererseits schadet ein bisschen Reservespeck nicht für die zu erwartenden Nebenwirkungen der Bestrahlung, zu denen Appetitlosigkeit dazugehört.

Ein paar organisatorische Dinge müssen noch geklärt werden. Unter anderem mein laufendes Gehalt, was gar nicht so unwichtig ist. Aber das stresst mich momentan nicht. Vielleicht deshalb, weil mich wieder einmal viele liebe Leute dabei unterstützen. Von Seiten der Arbeitsstelle kümmert sich einmal mehr Anja mit Hilfe unseres Controllers Martin um die Angelegenheit. Aber auch meine Schwägerin Susi verschafft mir einen Überblick. Ich bin um jede Hilfe froh, denn das Ganze klingt gerade am Anfang mordskompliziert. Und ist von Fall zu Fall verschieden, wie ich erfahre.
Im Endeffekt kommt jedenfalls heraus, dass ich drei Monate lang fast mein ganzes Gehalt bekommen werde. Erst dann tritt das alleinige Krankengeld in Kraft und ich muss mit erheblicheren Einbußen rechnen.
Das sollte mich aber Gott sei Dank nicht sehr treffen, da es um maximal ein Monat geht. Bilde ich mir zumindest ein. Weiß ich.

Ansonsten kann ich mich zurücklehnen und etwas Abstand vom normalen Leben nehmen.
Beziehungsweise lebe ich mein ganz eigenes „Bestrahlungsleben", das so organisiert und geregelt ist, wie selten in meiner Laufbahn.
Ich stehe gegen 8.30 Uhr auf, dusche mich, nehme meine Medikamente und gehe mit Jeanny Gassi. Dann schreibe ich den Vormittag über am Buch. Um 12.30 Uhr fahre ich zur Bestrahlung. Daraufhin kaufe ich ein und zu Hause angekommen nehme ich meine Me-

dikamente und esse zu Mittag. Im Anschluss gehe ich mit Jeanny Gassi.
Danach verfasse ich meist noch ein paar Zeilen, bevor ich einigen Monstern am Computer den Schädel einschlage, fernsehe oder lese. Am Abend nehme ich meine Medikamente, esse, zumeist mit Verena, zu Abend, dann geht's wieder ans Fernsehen oder lesen, bevor ich schließlich gegen 0.30 Uhr schlafen gehe.
Klingt verdammt langweilig. Ist es wahrscheinlich auch. Aber irgendwie genau das, was ich gerade brauche.

Zwischendurch vergesse ich nicht auf die sozialen Kontakte. Ich schaue mir das letzte Spiel der Salzburger Austria in Maxglan an und bin irgendwie gar nicht enttäuscht über den Abstieg, sondern freue mich auf ein paar entspannte Spiele in der Regionalliga West.
Am nächsten Tag treffen wir uns mit Toni und Romana bei traumhaften Wetter zum Frühstück in der Rosenvilla.
Und als pflichtbewusster Staatsbürger gebe ich am Sonntag, den 22.05., erneut meine Stimme ab (da ist er wieder, dieser teuflische Wortwitz) und verfolge gespannt die Posse im Fernsehen, bei deren Aufmachung man meinen könnte, es werde der Weltpräsident und nicht der von Österreich gewählt.

Während es mir also ganz gut geht, trifft das leider nicht auf alle zu, die mit mir im Wartezimmer sitzen.
Auch diese haben einen fixen Termin und so kommt es, dass ich meist nur Kontakt zu wenigen Mitbestrahlten habe.
Besonders fällt mir dabei ein etwas größerer junger Mann auf, der nach mir an der Reihe ist. Man merkt

sofort, dass er recht beliebt bei den Krankenschwestern und Krankenbrüdern zu sein scheint, denn sie erkundigen sich jedes Mal nach seinem Befinden und sind eine Spur höflicher, als es die berufliche Position verlangen würde.

Der 24.05. ist ein Tag, an dem alles einfach länger dauert. Und damit auch ein Tag, an dem man irgendwie automatisch ins Gespräch kommt. Wir nutzen die Gelegenheit und tauschen Namen und Krankheiten aus. Einmal mehr habe ich dabei fast ein schlechtes Gewissen, weil es mir so gut geht.
Christian hat es da wesentlich schlechter erwischt. Er erzählt mir seine Krankengeschichte. Nicht verbittert, aber doch mit großer Wehmut.
Er ist 29 Jahre alt und kommt aus der Steiermark. Er studiert Jus und steht eigentlich kurz vor dem Abschluss. Es fehlt ihm nur mehr eine Prüfung. Dann hätte er seinen Magister. Im Moment ist er aber einfach zu schwach, um zu lernen, geschweige denn zur Prüfung anzutreten.
Erfahren hat Christian seine Diagnose im September. Plötzlich hatte er Blut gespuckt und war deswegen ins Krankenhaus gefahren. Dort wurde ihm nach Abschluss der Untersuchungen mitgeteilt, er habe Lungenkrebs.
Und es war noch schlimmer gekommen. Der Krebs hatte bereits über den ganzen Körper Metastasen gebildet.

Zwar hat mich meine Diagnose wie eine Keule getroffen. Ich kann mir aber wohl nur ansatzweise vorstellen, wie sich Christian bei der Übermittlung *dieser* Nachricht gefühlt haben muss. Bei ihm geht es von

einem Tag auf den anderen nicht „nur" um eine Einschränkung im Leben, sondern schlicht um das Leben selbst.
Während des Gespräches bildet sich bei mir ein Kloß im Hals, der nicht vom Krebs herrührt. Trotzdem versuche ich locker weiter zu reden und zu fragen.
Er hat nie geraucht und nur selten Alkohol in größeren Mengen getrunken. Was unter anderem daran liegt, dass er bis vor kurzem sportlich sehr aktiv war und sich im Fußballverein bis in die Regionalliga vorgearbeitet hat. Er hat, schlicht gesagt, gesund gelebt.

Umso mehr steht die Frage nach dem „Warum" im Raum. Ich zumindest finde keine Antwort darauf.

Schlimmer macht das Ganze noch, dass ich das Gefühl habe, einen wirklich sympathischen Menschen vor mir zu haben. Einen, der das unter keinen Umständen verdient hat (ich bin so frei zu behaupten, dass es diese Menschen durchaus gibt, die so etwas verdient haben und hätten).
Sonst hätte ich ihm nicht sofort angeboten, er könne auch gerne einmal ein paar Tage bei uns übernachten, nachdem er mir erzählt, dass er sich hier in Salzburg bei Bekannten und in Hotels durchschlägt.
Das Angebot kommt aus dem Bauch. Ist nicht nur so dahingesagt. Verena müsste natürlich damit einverstanden sein. Ich gehe aber davon aus und werde etwas später von ihr bestätigt. Als ich ihr die traurige Geschichte erzähle, weint sie fast.

Am Tag darauf treffe ich mich mit Markus, um mir mit ihm gemeinsam die Wanderausstellung der „Körperwelten" anzusehen, die nur wenige hunderte Meter von mir zu Hause gastiert. Es ist etwas grotesk, die verschiedenen Körperteile seziert und anatomisch aufbereitet in Vitrinen und auf Ständern zu sehen und sich zu ertappen, auf der Suche nach einem freigelegten Stimmband zu sein. Bis auf wenige Ausnahmen enttäuscht uns beide die Ausstellung aber und das Stimmband finden wir auch nicht. So genehmigen wir uns lieber noch ein bisschen Zeit mit uns selbst als mit den Präparaten.

Am Freitag treffe ich Christian im Warteraum zur Bestrahlung in Begleitung seiner Mutter und seiner Oma. Sie wollten ihn eigentlich für das Wochenende mit nach Hause nehmen. Aber selbst das funktioniert nicht. Christian hat mittlerweile über 20 Kilo abgenommen und wiegt nur mehr 64kg (also gleich viel wie ich) bei 192cm Größe (im Vergleich zu meinen 170cm!).
Er wird daher im Krankenhaus stationär aufgenommen und soll wieder etwas aufgepäppelt werden. Tapfer fügt er sich dabei in sein Schicksal und versucht die positiven Auswirkungen hervorzuheben. Neben ihm kämpfen die Mutter und die Großmutter mit den Tränen und müssen ohne ihn wieder nach Hause fahren.
Am anderen Ende der Leitung ist seine Freundin, der er mitteilen muss, dass er am Wochenende nicht kommen kann.
Ich hocke währenddessen mit meinem Sportrucksack im Wartesaal, weil ich gleich im Anschluss Badminton spielen fahre. Ich komme mir bei dieser tragischen Szene wirklich elend vor und ärgere mich fast über diesen Fauxpas. Andererseits hätte ich das wohl nicht ahnen können.

Wir verabschieden uns sozusagen von Kabine zu Kabine. Ich darf gehen, er kommt gleich dran zur Bestrahlung. Ein schönes Wochenende zu wünschen kriege ich beim besten Willen nicht über die Lippen. Ich gebe ihm aber meine Telefonnummer, damit er mich jederzeit anrufen kann, wenn er etwas braucht. Das Wochenende will er jedoch vorerst nutzen, um wieder etwas auf die Beine zu kommen. Dann, das versprechen wir uns, gehen wir auf einen Kaffee oder einfach nur spazieren.

Am Samstag, den 28.05., wird meine kleine Nichte Josefina getauft. Der Pfarrer, für einen katholischen Amtsträger fast schon ein Revolutionär, führt uns während der Taufe durch die Stiftskirche St. Peter in die Marienkapelle. Er macht es erfrischend anders, als ich es sonst kenne und bindet nicht nur Josefina aktiv in das Taufritual mit ein, sondern die gesamte versammelte Gemeinde.
Gegen Ende ist es an mir, meinen Teil beizutragen. Ich darf den Segen sprechen, der sich mir auf einem, in Druckbuchstaben geschriebenen, DIN A4- Blatt zur Verlautbarung entgegenstreckt. So viel habe ich schon lange nicht mehr gelesen und ich hoffe, dass meine Stimme nicht bricht.
Aber sie hält und je länger ich lese, desto feiner klingt die neue, etwas heisere Stimme, an die ich mich durchaus gewöhnen könnte. Ich komme immer mehr in Fahrt und bin so begeistert, dass ich gleich den Text, der eigentlich für Josefinas Eltern bestimmt war, mitlese.

Im Anschluss geht es nach Maria Plain zum Feiern des frisch getauften Kindes. Der Wettergott dürfte

Katholik sein, denn er hat Schlechtwetter in Traumwetter verwandelt. Da ist Wasser in Wein ja nichts dagegen.
Die Wirtsleute haben ebenso prompt reagiert und sämtliche Gedecke für die Gäste von innen nach außen verlegt.
Die Kellnerin kommt mit Sektflöten angetänzelt. Ich verneine und bestelle ein Glas Leitungswasser. Ich darf keinen Sekt trinken.
Die Kellnerin kommt stattdessen mit Bierflöten angetanzt. Ich verneine und bestelle ein Glas Leitungswasser. Ich darf kein Bier trinken.
Die Kellnerin kommt stattdessen mit einem Glas Mineralwasser mit Zitronenscheibe angestampft. Ich nehme es dankend an. Ich habe das Gefühl, dass sie sonst nie wieder bei mir vorbeikommt, wenn ich ihr jetzt noch sage, dass ich nichts mit Kohlensäure und auch nichts mit Zitronensäure trinken darf. Das stille Wasser hole ich mir schließlich selbst.
Zugebenermaßen nervt mich das langsam. Es geht nur zum Teil darum, nicht mittrinken, anstoßen und feiern zu können, wie ich es gerne täte.
Vielmehr werde ich bei jeder Anfrage und bei jedem Anstoßen zwangsläufig daran erinnert, warum ich es nicht darf: Weil ich (schwer) krank bin.
So widme ich mich eben meiner einzig vernünftigen Ersatzhandlung: Ich esse. Was das Zeug hält. Irgendwann geht aber nichts mehr. Und das ist der Startschuss zum Aufbruch. Es sind ohnedies nur mehr diejenigen Leute da, die voraussichtlich noch länger bleiben werden. Da werden wir wohl heute nicht dazugehören.

Im Laufe des Abends und über die Nacht habe ich plötzlich wieder das Gefühl, einen Fremdkörper im Hals zu haben. Kurz darauf stellen sich das erste Mal unangenehme Schluckbeschwerden ein.
Mir fallen dazu nur drei Erklärungen ein und alle stimmen mich nicht unbedingt fröhlich.
Erstens: Es sind die „normalen" Nebenerscheinungen der Bestrahlung.
Warum aber kommen die Beschwerden so schnell und intensiv und heißt das jetzt, dass die unangenehme Phase jetzt schon beginnt? Ich habe immerhin noch fünf Wochen vor mir. Und da ist die Regenerationsphase gar nicht miteinberechnet!
Dennoch hoffe ich auf diese Variante.

Die zweite Variante wäre nämlich, dass ich mich schlicht und einfach verkühlt habe. Was aber bedeuten würde, dass die Bestrahlung abgebrochen werden könnte. Nicht gut!
Am meisten Bammel habe ich allerdings vor der dritten Variante:

Der Krebs wächst trotz der Bestrahlung weiter!

Ich würde die Erklärung gerne für mich ausschließen, es gelingt mir aber nicht. Zu ähnlich sind die Symptome und das Fremdkörpergefühl denen des Krebsgeschwürs vor der Operation.
Ich kann aber ohnedies im Moment nichts tun, als abzuwarten, bis mir jemand die Frage hoffentlich positiv beantworten kann.

Am Montag frage ich vorsichtig bei einer Schwester des behandelnden Strahlenteams nach. Diese wirkt

weniger überrascht als ich und denkt, das sei normal. Zur Sicherheit könne ich aber gerne beim Arzt nachfragen. Der sei nur im Moment gerade nicht da.
Die Information erleichtert mich ein bisschen. Ebenso die, dass der zuständige Arzt gerade nicht anwesend ist. So verschiebt sich die mögliche schlechte Nachricht auf den nächsten Tag.
Am Dienstag denke ich mir allerdings, das hat noch Zeit bis Mittwoch. Dann habe ich ohnedies wie jeden Mittwoch einen Gesundheitscheck auf der Ambulanz. Und da kann ich bei der Krankenschwester schon mal vorfühlen. Noch dazu wird „mein" Beschleuniger - so nennt man das Bestrahlungsgerät - heute gewartet und ich muss zu einem anderen Apparat. Ein Ausbruch aus der Routine, der für die sofortige Heimfahrt nach der Behandlung spricht. Ich möchte schließlich kein böses Omen heraufbeschwören.

Den Tag darauf verbringe ich also etwas länger im Krankenhaus. Ich treffe noch einmal Christian, der heute seine letzte Bestrahlung in Salzburg hat. Wie es der Zufall so will, ist ausnahmsweise recht viel los und wir beide müssen auf die Bestrahlung warten. Wir kommen noch einmal ins Reden und sprechen über oberflächliche Themen wie Tennis und Fußball, aber auch über seine Zukunftspläne. Er möchte kein Anwalt werden, vielmehr in die Wirtschaft gehen. Obwohl er müde wirkt, merkt man ihm an, dass er daran glauben will. Mir zieht es einmal mehr den Magen zusammen und ich hoffe innbrünstig, dass er es schafft. In meinem Innersten rechne ich aber wohl damit, dass ich ihn heute vielleicht zum letzten Mal sehe.

Dann geht es wieder schnell und nach meiner Bestrahlung verabschieden wir uns noch einmal. Ich versuche mich wieder etwas mehr auf mich selbst zu konzentrieren, bevor ich die Krankenambulanz besuche. Ich teile der Schwester meinen Zustand und meine Befürchtungen mit. Und auch diese beruhigt mich. Die Nebenwirkungen müssen sich überhaupt nicht linear verschlechtern, sondern können durchaus abrupt auftreten. Und das heißt überhaupt nicht, dass es jetzt mit jedem Tag schlechter werde. Vielmehr könne dieser Zustand wieder eine Weile anhalten. Und wenn es schlimmer werden würde, könne man dies mit dem einen oder anderen Medikament abfangen. Des Weiteren seien die Symptome zwar ähnlich wie bei der Leukoplakie, aber auch das sei durchaus normal.
Dennoch könne ich auf alle Fälle mit dem Arzt reden, um die Bedenken zu besprechen. Sie würde das gleich organisieren.
Eigentlich sollte ich nun beruhigt sein und der Krankenschwester einfach vertrauen. Schließlich ist dies hier ihr Job und ist *sie* die Expertin, die täglich mit den Patienten zu tun hat. Irgendwie ist es aber doch ein anderes Gefühl, wenn mir der Herr Onkel Doktor das noch bestätigen würde. Ich halte mich selbst in diesem Augenblick für kleinlich. Aber der arzthörige Österreicher in mir besteht darauf.

Ich bekomme spontan einen Termin bei Dr. K., wobei ich durchaus Glück habe, denn dieser fährt am nächsten Tag für drei Wochen in den Urlaub.
Ich beglückwünsche ihn und frage, wo es denn hingehe. Nach Italien. Und schon entwickelt sich ein nettes Gespräch, bei dem ich erfahre, dass er einen Sohn hat, der zurzeit in Rom lebt und seine Frau und er den

studierenden Filius dort besuchen. Wir plaudern übers mediterrane Essen, meine Traumhochzeit in Kalabrien, die italienische Mentalität und ganz nebenbei erfahre ich, dass ich mir keine Sorgen bezüglich der Nebenwirkungen machen müsse und wirklich alles in Ordnung sei.
Ich revidiere meine Meinung, denn auch wenn Dr. K. weiterhin wie ein alle liebender Übervater wirkt, könnte ich mir nun doch durchaus vorstellen, mit ihm gemütlich auf ein Getränk zu gehen. Es würde aber wohl ein Gläschen Wein werden.

Zum Abschied schaue ich noch begehrlich und neidisch auf den Stapel der grauen Akten. Dr. K. sieht das wohl und gibt mir mit ehrlich scheinendem Optimismus mit auf den Weg nach draußen, dass ich in nicht allzu ferner Zukunft auf diesem Stoß landen sollte.

Meine ärmste Frau wartet nach solchen Terminen schon ganz gespannt auf meine Rückmeldung. Es freut mich jedes Mal, wenn ich dann etwas Positives berichten kann. Sich ganz darauf zu verlassen gelingt zwar nicht mehr. Das lehrt uns meine Geschichte. Aber es ist doch sehr beruhigend, dass alles soweit in Ordnung scheint.

Am Abend wage ich mich dann das erste Mal seit zwei Monaten zu unserer Stammtischrunde ins Augustinerbräu. Der findet jeden ersten Mittwoch im Monat statt und ist ein echter Fixtermin. Zur Feier des Tages gönne ich mir sogar die erste Halbe seit Wochen. Denn alles andere wäre in diesen heiligen Bierhallen Todsünde. Laut Internetrecherchen darf man

das auch mal während der Bestrahlung. Schreibt zumindest die eine oder andere Uniklinik (!) in Deutschland.
Nach anfänglichen Erklärungen, wie es mir geht, was ich jetzt mache und wie die Behandlung aussieht, kann ich das Thema schnell abhaken und genüsslich drei Stunden lang an meiner Plörre nippen.

An dieser kann es jedenfalls nicht liegen, wenn ich von nun an immer schwerer aus dem Bett komme. Es wird kaum vor 9.00Uhr. Und das, obwohl ich selten später als Mitternacht schlafen gehe.
Die Routine läuft weiter, nur fühle ich mich einfach ein bisschen schlapper. Bei der Bestrahlung hat eine Dame den Platz von Christian nach mir eingenommen. Sie trägt das typische Tuch auf dem blanken Kopf, was wohl für eine Chemotherapie spricht. Ich frage sie nicht danach und wir bleiben bei der höflichen Begrüßung ohne Smalltalk. Ich muss mir eingestehen, dass ich es gar nicht genauer wissen möchte.

Ich werde wie jeden Tag mit „Herr Magister Payer!" aufgerufen, um den Behandlungssaal zu betreten. Noch nie zuvor habe ich so oft meinen Titel zu hören bekommen.
Die Krankenschwestern, die Pfleger, die Assistenten und ich, wir kennen uns schon und für zehn Minuten sind wir so etwas wie ein kleines Team. Auch wenn ich nichts zu sagen habe unter der engen Maske.
Sie machen ihre Sache wirklich gut und neben der Professionalität bleibt Zeit für nette Worte. Obwohl diese ab und zu eingespielt wirken und sicher mehrmals am Tag die Lippen verlassen, sind sie wichtig. Oder vielleicht gerade deswegen. Trotz der täglichen

und nicht immer einfachen Arbeit mit den schwerkranken Patienten habe ich persönlich kein einziges Mal ein verärgertes Gesicht gesehen oder ein abfälliges Wort gehört. Es könnte ein Spruch an der Wand hängen: „It is nice to be important, but it is more important to be nice".
Das braucht er aber nicht, denn es wird ganz einfach so gelebt.

Einmal mehr geht eine Woche der Bestrahlung vorbei. Drei Wochen sind es mittlerweile und ich lebe immer noch. Und das sogar recht gut.
Eigentlich wären wir heute an den Gardasee gefahren, als kleiner Ausflug zum ersten Hochzeitstag.
Stattdessen schauen wir uns das Halbfinalspiel von Dominik Thiem gegen Novak Djokovic an. Ich muss zugeben, auch wenn Thiem gegen den Joker chancenlos ist, bin ich ein echter Fan von ihm geworden. Der Knabe hat wirklich Talent und spielt selbst während des Lehrspieles, das er erhält, teils fantastische Bälle.
Am Abend findet in der Altstadt wie jedes Jahr das Kaigassenfest statt. Verena hat sich mit ein paar Freunden etwas ausgemacht. Und ich soll, darf und kann mitgehen.
Mir fällt es immer schwerer aus dem sicheren Bunker und der Lethargie zu Hause auszubrechen. Irgendwie habe ich keine Lust und keinen Antrieb. Irgendwie dann wieder schon.
Im Endeffekt fahre ich mehr oder weniger spontan mit. Praktischerweise holen uns Eva und Dragan sogar ab.
Vor Ort freue ich mich zwar, die bekannten Gesichter wieder einmal zu sehen. Anderseits tauchen die gleichen Probleme auf, wie immer.

Ein Bierfest ohne Bier ist schon mal halb so lustig. Dann ist es noch laut und ich bemerke, dass das meiner Stimme nur bedingt guttut, wenn ich sie dem allgemeinen Geräuschpegel anpasse. Außerdem fühle ich mich müde und muss mich ziemlich konzentrieren, um nur halbwegs vernünftige Konversationen zu führen.
Da trifft es sich ganz gut, dass Eva und Dragan nicht allzu lange bleiben und mich wieder mitnehmen würden. Auf diesen Zug springe ich dankbar auf. Verena hingegen möchte noch ein bisschen bleiben.

Als ich am nächsten Tag um 6.00 Uhr aufwache, bin ich noch immer alleine. Um 8.00 Uhr auch und um 10.00 Uhr ebenso. Trotz allem Verständnis für Verenas Situation gelingt es mir kaum, nicht doch ärgerlich zu werden. Dabei stört mich eigentlich gar nicht so sehr, dass sie solange weg ist, als das Gefühl, dass sie es zu brauchen scheint. Den Abstand von der Krankheit, von der Situation und vor allem *von mir*.
Verstehen und Akzeptieren sind eben zweierlei Dinge. Und so bin ich alleine, als unser Handwerker Neil eintrifft, um den „Mädchenbereich" meiner Frau auszubessern.
Verena kommt schließlich um kurz nach halb elf am Vormittag nach Hause. Obwohl sie kaum angetrunken und nicht streitlustig ist, ist die Stimmung zwischen uns schlecht und bleibt während des Tages gedrückt. Jeder ist für sich alleine. Da ist an diesem Samstag nichts mehr zu retten.

Erst am Sonntag gelingt uns ein (nicht alles) klärendes Gespräch. Einige Sachen fallen ab von uns, einige unausgesprochene Dinge bleiben kleben. Die Krank-

heit fordert ihren Tribut. Auch wenn es mir so weit gut geht, ist sie eine Dauerbelastung und nimmt allein durch ihre Präsenz viel zu viel Raum ein.
Der Wunsch nach Normalität steht ausfüllend im Raum. Nicht jetzt, aber bald. Wenn ich wieder gesund bin. Und das ist im Moment das Wichtigste.
Zwischendurch ist alles soweit geklärt und wir versuchen der erhofften Normalität zumindest wieder nahe zu kommen. Die Anspannung der letzten zwei Tage scheint abzufallen und alles wieder gut zu sein.

Oder eben nicht. Der Tag darauf, es ist der Montag, der 06.06., ist unser erster Hochzeitstag. Ich habe schlecht geschlafen und fühle mich niedergeschlagen. Scheinbar plötzlich fällt mir alles auf den Kopf und mein Mitleid gegenüber mir selbst tut fast schon weh. Der Optimismus hängt angeschlagen in der Ecke und ein unbekannter Gegner betritt die Ecke: Die Depression.
Ich kenne mich so selbst nicht, doch plötzlich scheint alles sinnentleert und dem Weltuntergang nahe. Oder zumindest dem Meinen.
Es beginnt eigentlich mit einer relativ harmlosen Nachricht. Der Unterbau unserer Terrasse muss wiedererneuert werden. Bernhard, unser Tischler, der sie damals errichtet hat, hat sich sogar bereit erklärt, die Hälfte der Kosten auf seine Kappe zu nehmen. Dennoch wird es mich an die 400.- bis 500.- Euro kosten.
Es ist dieser berühmte kleine Tropfen, der das Fass zum Überlaufen bringt. Fast höre ich den seidenen Faden reißen, an dem mein Leben angeblich gerade hängt. Meine Zukunft flimmert schon als Film im Kopf vorbei.

Statt mit meiner liebsten Frau den Hochzeitstag in Italien zu verbringen, sitze ich mit meiner unseligen Krankheit zu Hause, die Finanzen für das Haus wachsen mir über den Kopf und die Geldreserven sind bald aufgebraucht. In der Fantasie geht die Beziehung Stück für Stück flöten und schließlich in die Binsen. Der Krebs tut das Restliche und macht mich zum Invaliden. Das also sind meine Aussichten.
Wehe wehe, wenn ich an das Ende sehe!
Psychologe der ich bin, erkenne ich den depressiven Anflug als solchen an. Und dennoch lässt sich das Szenario nicht so einfach wegwischen.

Der Tag streckt sich wie ein Kaugummi. Doch stemme ich mich der Schwermut entgegen. Es kann nicht sein, dass unser erster Hochzeitstag im Mitleid untergeht. Also besorge ich zumindest die Zutaten für ein schönes Abendessen und Blumen für die arme Frau.
Die hat meine Stimmung natürlich mitbekommen. Und beweist einmal mehr, warum sie meine Frau ist. Sensibel aber ohne großes Tamtam drückt sie mir die Ängste weg.
Das hochpreisige Rindersteak, dass im Sous-Vide-Kocher seine Veredelung erhalten hat, bevor es am Holzkohlegrill den Feinschliff bekommt, trägt das Restliche zur Dedepressionierung bei.
So schlecht ist das Leben nicht. Und so schlimm sind die Aussichten gar nicht.

Den Rest der verbliebenen negativen Energien massiert mir am nächsten Tag Anja weg. Sie ist nicht nur eine gute Chefin, sondern seit Neuestem auch eine ausgebildete Wellness- und Energiemasseurin. Bis vor wenigen Wochen hätte ich von Energiemassagen

wahrscheinlich so viel gehalten wie von Misteltherapien. Mittlerweile bin ich schon ein bisschen aufgeschlossener.
Eines tut es auf alle Fälle: gut.
Was auch gut tut ist die Selbstverständlichkeit, mit der mir Anja weitere zehn bis zwanzig Sitzungen anbietet. Kostenfrei. Als ihren Beitrag zu meiner Genesung. Es fällt mir etwas schwer, das anzunehmen. Sie schafft es aber, mir das Gefühl zu geben, dass ich es darf und kann. Wenn nicht so ein Mensch positive Energien weiterleiten kann, wer dann?

Ich will diese neuen Energien ebenso ausnutzen und schreibe Christian eine SMS, wie es ihm geht und ob er schon in Graz ist. Immer wieder schaue ich aufs Telefon. Es kommt aber keine Antwort.

Am Mittwoch erhalte ich einen Termin bei Dr. W. Es ist fast Halbzeit und ich sollte den Erfolg (?) der Behandlung überprüfen lassen. Es ist ein guter Zeitpunkt, da die Nebenwirkungen der Bestrahlung noch nicht so ausgeprägt sind. Die Fahrt der Kamera durch die Nase und meinen Schlund kann also schmerzfrei von statten gehen.
Das Fotoshooting kenne ich schon. Ich weiß, was ich zu tun habe. Mit allem hiiipapo.
Mit Spannung erwarte ich daraufhin den Kommentar.
Und der fällt sehr positiv aus.
Das „Weiße" an der Oberfläche sei bereits verschwunden. Innen wäre ich etwas gerötet, was aber vollkommen normal sei. Also alles so wie es sein soll.

Wenn das nicht gut klingt! Ich habe das Gefühl, dass sich auch Dr. W. über den guten Befund freut. Das

macht es für mich noch ein bisschen realer, selbst wenn es nur eingebildet sein sollte.
Die nächste Überprüfung werde dann erst in etwa zwei Monaten sein. Dazwischen hätte es keinen Sinn. Und in ca. einem halben Jahr werde dann noch eine Biopsie genommen werden, um zu überprüfen, ob der Krebs vollkommen verschwunden sei.
Trotz aller guten Nachrichten und optimistischer Aussichten muss ich zugeben, dass ich jetzt schon Bammel davor habe.

Im Anschluss an die Untersuchung habe ich meinen Bestrahlungstermin und erstmals irgendwie das Gefühl zu spüren, wie der Krebs in sich zusammenschrumpft. Es ist ohne Zweifel ein gutes Gefühl.
Ein Besuch danach auf der Ambulanz darf nicht ausbleiben. Wir besprechen die Nebenwirkungen. Der Appetit ist etwas geringer, obwohl ich schon wieder etwas zugenommen habe. Ich kompensiere eben immer noch die Zigaretten mit Essen, wobei es eindeutig weniger wird. Die zunehmende Müdigkeit und die Schlaffheit sind normal. Erstmals ist eine verstärkte Rötung am Hals festzustellen. Aber auch das ist eine zu erwartende Reaktion.
Also alles im Plan. Die Schluckbeschwerden sind sogar weniger geworden. Zwar verwundert mich etwas die Unberechenbarkeit der Nebenwirkungen. Im Moment will ich mich darüber aber wirklich nicht beklagen.

Nach so vielen guten Nachrichten habe ich am Abend sogar durchaus Lust das Fort zu Hause zu verlassen. Im Fuxnwirt treffen sich heute nach einer Sitzung noch alle Einrichtungsleiter meiner Firma. Als langjähriger Ehemaliger und Gleichgesinnter bin ich erfreulicherweise weiterhin willkommen und nutze das aus, um bei einem Glas Wasser und einem unerlaubten Backhähnchen – Panade sollte eigentlich von meinem Speiseplan gestrichen sein – den Abend zu genießen.

Tags darauf habe ich einen kleinen Einbruch. Gott sei Dank fern von jeglicher Depression. Vielmehr fühle ich mich nur müde, abgeschlagen und antriebslos. Nichts, was sich durch ein bisschen im Bett herumliegen nicht lösen lassen würde.
Mehrmals versuche ich mich in dieser Zeit durchzuringen, Christian eine weitere SMS zu schreiben. Als ich es schließlich schaffe, tritt das ein, was ich befürchtet habe. Es kommt wieder keine Antwort. Und macht mich doch noch traurig. Ich hoffe auf irgendwelche anderen vernünftigen Gründe für die fehlende Rückmeldung. An den einen will ich gar nicht denken.

Für mich endet wieder eine weitere Woche, mittlerweile die Vierte und ich befinde mich mit der 18. Behandlung von 35 geplanten erstmals über der Halbzeit. Als kleines oder auch größeres Zuckerl beginnt heute die EM. Ich freue mich auf eine Menge Spiele und hoffentlich spannende Partien. Und weil ich so schnell wohl nicht mehr die Zeit und die Gelegenheit haben werde, entwickle ich dem Anlass entsprechend einen kulinarischen Plan. Ich nehme mir vor, wenn möglich, bei den Abendspielen ein passendes landestypisches Gericht zu kochen. Zumindest solange es der Appetit zulässt.

Am Samstag fährt Verena zu ihrer Trauzeugin Martina nach Wien und ich vereinbare mir mit meinem Trauzeugen Andi ein kleines fußballerisches Stelldichein. Zu diesem gäbe es die Generalprobe meines tollen Plans. Es spielt jedoch Wales gegen die Slowakei. Zwei Länder, die wohl kaum bekannt für ihre Küche sind. Da (walisisches) Lamm für den tierbabypazifistischen Trauzeugen nicht in Frage kommt gibt es als Mittelweg slowakisches Gulasch. Ich hätte ein bisschen mehr kochen können, dann wäre der Ungarnabend ebenso abgedeckt gewesen.

Während die beiden Frauen in der Zwischenzeit in Wien wohl Frauengespräche führen, führen wir beiden Männer in Salzburg M̶ä̶n̶n̶e̶r̶Frauengespräche.

Jedenfalls genießen wir den Abend bei Popcorn, gar nicht so guten Fußballspielen und noch schlechteren Wortwitzen.

Tags darauf treffe ich die Sache dann schon genauer. Nachdem Verena aus Wien zurück ist, serviere ich ihr stolz zum Spiel Polen gegen Nordirland Piroggen aus handgemachtem Teig, der jede Babcia stolz gemacht hätte.

Das Bestrahlungsleben plätschert also vor sich hin. Glaube ich zumindest. Als ich um drei Uhr in der Nacht etwas kratzen höre. Zuerst denke ich natürlich an unseren Hund Jeanny. Aber nur Sekunden später läutet mein Telefon. Es ist Verena, die irgendetwas Unverständliches ins Telefon haucht. Ich springe auf und eile in ihr Schlafzimmer (wir schlafen getrennt, da ich ein kleines Schnarchproblem habe -meine Frau meint, es sei etwas größer).

Im ersten Moment befürchte ich, dass Verena einen Herzinfarkt haben könnte. Sie zittert am ganzen Kör-

per und ist schreckensbleich. Das ist aber auch schon die Antwort. Es ist der Schreck, der sie so zittern lässt. Irgendjemand oder irgendetwas hat an ihrer Tür gekratzt. Ich kann mich selbst als Täter schnell ausschließen und Jeanny ebenso. Eine Maus kommt wohl ebenso kaum in Frage.
Sei es Tapferkeit oder Leichtsinn - ich kontrolliere jedenfalls das ganze Haus. Nackt wie Gott mich schuf würde im Moment wohl kein Einbrecher Angst vor mir haben. Aber vielleicht zumindest erschreckt davonlaufen.
Alle Türen im Erdgeschoss sind jedoch verschlossen. Hätte ich das Kratzen nicht selbst gehört, hätte ich meiner Frau einen Albtraum untergejubelt.
Ich gehe also in den Keller. Etwas mulmig ist mir dabei schon. Keller haben in solchen Fällen durchaus einen schlechten Ruf.
Noch während ich die unterirdischen Räumlichkeiten untersuche höre ich einen erleichterten Ausruf von oben.

Der Einbrecher stellt sich als schwarzer Kater heraus, der wohl ebenso bleich wäre, wie Verena zuvor, wenn es seine Physiognomie zulassen würde. Ängstlich und fauchend verkriecht er sich ins Kellereck und lässt sich weder vertreiben noch einfangen. Wie er ins Haus hineingekommen ist, bleibt unklar. Er muss sich wohl im Laufe des Vortages bei der Balkontür hereingeschlichen haben, vorbei an unserem blinden und tauben Wachtposten.
Uns bleibt im Moment jedenfalls nichts Anderes übrig, als das Problem auf den Tag zu verschieben.

Aber auch da gelingt es mir weder mit netten Worten, noch mit Bestechungswürsten den Kater hervorzulocken.
Stattdessen versuche ich eben, seine Besitzer ausfindig zu machen.
Zuerst habe ich kein Glück. Die Nachbarn vermissen keine Katze. Doch dann erhalte ich den entscheidenden Tipp: Eine Dame ist am Vortag auf der Suche nach ihrem Vierbeiner im benachbarten Acker hängen geblieben und musste vom Pannenservice herausgezogen werden.
Über den ÖAMTC kann die erleichterte Katzenmama schließlich ausfindig gemacht werden und ihren kleinen Liebling bei uns abholen.
Für mich war das Ganze, traurig aber wahr, das Aufregendste was mir in den letzten Wochen passiert ist.

Aber nicht nur die gelungene Rettungsaktion verschönert mir den Tag. Ich erhalte auch eine SMS von Christian, der noch immer in Salzburg ist. Stationär. Seit 18 Tagen. Mir fällt ein kleiner Stein vom Herzen und ich freue mich im wahrsten Sinne des Wortes über das Lebenszeichen.
Am Mittwoch sollte er dann wirklich wieder zurück nach Graz dürfen und können. Bevor er abfährt, vereinbaren wir aber noch, dass wir uns am nächsten Tag auf einen Kaffee treffen.
Und ein kleiner Wortwitz meiner humorigen Gattin komplettiert meine gute Laune. Nach dem ich sie nach der Bestrahlung anrufe, fragt sie mich, ob ich gerade aus der Maske komme. Und *ich* frage mich, warum ich als ehemaliger Hobbytheaterdarsteller nicht selbst auf diese Perle gestoßen bin.

Am Dienstag, den 14.06., ist DER große Tag. Fußballerisch gesehen. Österreich steigt in die EM ein und Ungarn wird das erste Opfer der besten österreichischen Mannschaft seit Menschengedenken werden.
Zuerst kommt aber die gute Anja zu mir, um mir die schlechten Auren aus dem Rücken zu massieren. Ich könnte dabei fast einschlafen, wenn nicht Jeanny mit von der Partie wäre. Die hat sich auf den Teppich gelegt und sich entschlossen ein kleines Nickerchen zu halten. Doch sie hat ein kleines Schnarchproblem – ich meine, es ist etwas größer.
Jedenfalls ist an ein Traumweltgleiten unter diesen Dezibellen nicht zu denken.
Nichtsdestotrotz fühle ich mich ein Stück besser als zuvor.

Entspannt gehe ich also in die Maske (dass ich nicht vorher draufgekommen bin!) um mich im Anschluss bereit zu machen für den historischen Sieg.
Vorher hole ich aber noch Christian ab und wird spazieren vom Krankenhaus über die Salzach ins Café Wernbacher. Er sieht viel besser aus als beim letzten Mal und hat sieben Kilogramm innerhalb einer Woche zugenommen. Nicht nur die Infusionen und der gezielt gesteigerte Appetit durch eine Cortisonbehandlung haben ihren Teil dazu beigetragen. Seine Freundin hat ihn besucht und fünf Tage lang bei ihm geschlafen. Sie ist wohl die beste Medizin.
Während Christian an seinem heiß ersehnten doppelten Espresso schlürft, bestelle ich mir zum Unverständnis der Kellnerin einmal mehr ein Glas Leitungswasser. Jetzt bin ich fast froh, dass ich dafür etwas zahlen muss.

Wir reden nur kurz über unsere und vor allem seine Krankheit. Dann plaudern wir über Fußball, Hooligans und die EM, Essen, Heiraten und Urlaubsziele. Die Zeit vergeht zu schnell und fast finde ich es schade, dass gleich das Spiel beginnt (vielleicht gibt es doch Wichtigeres als Fußball?).
Wir spazieren zurück in Richtung Krankenhaus. Er behält den Weg bei, ich biege ab zum Augustinerbräu. Vorher machen wir uns aus, dass er mich anruft, wenn er wieder einmal in Salzburg ist.

Im „Bräustüberl" hat Markus L. Gott sei Dank einen Platz reserviert, denn es ist proppenvoll. Markus M., der Big Boss in meiner Firma und privat ein Freund seit vielen Jahren, ist ebenso schon eingetroffen. Bei Jause und Bier (heilige Hallen!) sind wir bereit für den Erstschlag unserer Mannschaft. Ein bisschen nervös sind wir dennoch. Und als Österreicher im tiefsten Herzen und aus tiefster Tradition (zumindest was den Fußball betrifft) natürlich doch nicht hundertprozentig sicher, dass alles klappen wird.
Aber das Spiel fängt gut an. Alaba schießt gleich in der ersten Minute wenige Zentimeter am Tor vorbei. Nur zehn Minuten später gibt es die nächste Großchance. Es ist also nur eine Frage der Zeit, wann wir das erste Tor schießen.
Die Zeit lässt sich jedoch Zeit mit der Beantwortung der Frage. Zur Pause zumindest gibt es keine Klärung. Allenfalls die, wer das nächste Bier holen geht.

Noch ist die österreichische Seele aber siegessicher. Ab der 62. Minute scheint jedoch ansatzlos alles wieder beim Alten zu sein und so wie es sich eben scheinbar gehört. Ungarn geht mit 0:1 in Führung.

Nur sechs Minuten später bebt das altehrwürdige Klostergemäuer aber. Ausgleich! Wir dürfen eine halbe Minute im Fußballglück schweben, bevor klar wird, dass das Tor nicht gegeben wird. Und nicht nur das. Aleksandar Dragovic sieht zusätzlich die rote Karte. Hart aber unfair. Spätestens nach der 87. Minute wissen wir nach dem 2:0 durch die Ungarn endgültig und frei nach Anton Pfeffer: Hoch gewinnen wir es nicht mehr!

Ich weiß nicht, ist es das Ergebnis, dass mich so fertigmacht, oder ist es mein allgemeiner Zustand. Jedenfalls habe ich nicht länger Lust, mir die enttäuschten Gesichter anzusehen und schaue mir das darauffolgende Spiel lieber in aller Ruhe zu Hause an. Da sehe ich dann schließlich eine engagierte isländische Mannschaft, die über sich hinauswächst und einer wirklich einwandfrei spielenden portugiesischen Mannschaft ein 1:1 abtrotzt.
Ich beschließe noch, dass ich nach Island auswandern werde, wenn wir in Zukunft einen blauen Kanzler bekommen sollten, bevor ich friedlich einschlafe.

Am nächsten Nachmittag kommen drei meiner Arbeitskolleginnen auf Besuch bei mir vorbei. Praktischerweise nehmen sie die Zutaten für das Züricher Geschnetzelte gleich mit. Schließlich spielt heute die Schweiz gegen Rumänien. Ich sehe zwar nichts vom Spiel, was gar nicht so schlimm ist, weil es gerade netter ist, sich mit Anja, Olli und Lissy einfach nur zu unterhalten. Ein wenig werde ich auch auf den neuesten Berufsstand gebracht. Es wäre übertrieben zu sagen, ich könne es nicht mehr erwarten zu arbeiten zu beginnen. Ein bisschen Vorfreude ist aber schon zu merken. Und Anfang August werde ich dann sicherlich reif dafür sein.

Am Donnerstag den 16.06. hole ich mich erstmals selbst ein. Beim Schreiben. Ab sofort kann ich quasi tatsächlich so eine Art Tagebuch führen.

Ich bin erstmals wieder bei einer Sitzung der SAG (Salzburger AutorenInnengruppe) dabei, deren Mitglied ich seit Anfang des Jahres bin und die eine Untergruppe des Salzburger Literaturhauses ist. Es sollen danach Spontanlesungen stattfinden und Bücher verkauft werden.
Die öffentliche Veranstaltung im Anschluss ist jedoch leider nur eine Erweiterung der gemeinsamen Zeit. Salzburg hört anscheinend gerade nicht gerne AutorInnen lesen, sondern schaut lieber Europameisterschaft.
Dennoch findet die Vorstellung statt und wir tragen uns quasi selbst unsere Geschichten und Anekdoten vor. Was gar nicht schlimm ist. Vielmehr ist es spannend, was die anderen Mitglieder so schreiben. Von Geschichte, Liebe, Spannung und Humor bis Politik ist alles dabei. In Prosa und in Lyrik.
Am meisten beeindruckt mich aber eine etwas ältere Dame, die eher unscheinbar die Bühne betritt. Kaum hat sie jedoch Platz genommen, blitzt der Schelm aus ihren Augen und sie beginnt aufzuleben. Sie rezitiert Teile aus ihrem Buch, die gekennzeichnet sind vom typisch österreichischem Schmäh. Aber auch von Wortspielereien vom Feinsten, die mich zum Schmunzeln bringen. Intonation trifft bei ihr auf Konnotation.

Gerne hätte ich ihr noch etwas zugehört, doch die Zeit ist auf fünf Minuten begrenzt. Die Dame verlässt die Bühne und sinkt wieder in sich zusammen. Bereit für das nächste Erblühen bei der nächsten Gelegenheit. Dass ich ihr Buch kaufe ist nur selbstverständlich.

Nicht ganz selbst und nicht ganz verständlich klingt meine Stimme bei der Lesung. Die fünf Minuten stehe ich aber durch. Den kollegialen Applaus beanspruche ich primär für die Überwindung, mich trotz heiserer Stimme und angeknackster Motivation der ganzen Sache gestellt zu haben.
Zu Hause angelangt bin ich jedoch froh, wieder zu Hause zu sein. Ich muss mir durchaus eingestehen, dass mich das Ganze etwas angestrengt hat.

Aber was ist ein bisschen Müdigkeit im Vergleich zu den Nebenwirkungen, die ich mir eigentlich erwartet hätte? Es sind nun bereits fünf Wochen der Bestrahlung vergangen und ich kann noch immer normal schlucken, essen und schmecken. Bis auf die Antriebslosigkeit und die Abgeschlagenheit geht es mir den Umständen entsprechend wirklich gut.
Ob dies nun an den vielen Medikamenten und Zusätzen liegt, oder ich die Bestrahlung bis jetzt einfach nur gut vertrage sei dahingestellt. Jedenfalls habe ich das erste Mal das Gefühl, dass ein Ende der Behandlung in Sicht ist. Und das vielleicht sogar ohne große Schmerzen. Noch während des Schreibens klopfe ich auf (Span-)Holz. Ich will schließlich nichts verschreien.

Über die EM bin ich richtig glücklich, auch wenn der Ärger über die defensive Spielweise mich manchmal fast aus der Lethargie reißt.
Ich selbst muss mich das eine oder andere Mal aus dem Bett reißen. Zum Beispiel um die Cevapcici rechtzeitig zum Kroatienspiel gegen die Tschechen auf den Tisch zu bringen. Kaum sind diese aber im Magen gelandet, lande ich schon wieder im Bett. Auch irgendwie ein Antrieb…

Verena fährt am Samstag zu einer Geburtstagsfeier nach Schladming. Da wäre ich ursprünglich gerne dabei gewesen. Aber einen Sprung nach Schladming erlaubt die Uhr nicht. Ich bin auch viel zu matt für einen Ausflug.
Da schaue ich schon lieber am Nachmittag Tennis. Thiem spielt im Halbfinale in Halle in der Halle ungewohnt unmotiviertes und antriebsloses Tennis. Ich bin wohl einer der Wenigen, die ihn verstehen können.

Am Abend spielt dann Österreich gegen Portugal. Irgendwie habe ich das Gefühl, mir einen gemeinsamen Treff- und Schaupunkt vereinbaren zu müssen. Ich merke aber bald, dass die allgemeine Euphorie ordentlich gelitten hat. Die Freunde schauen alleine, mit der Familie (soweit ist es gekommen!) oder an irgendwelchen Orten, die mir einfach zu schwer zu erreichen sind oder es mir zu schwerfällt, einfach hinzufahren. Ich entschließe mich, daheim zu schauen und verzichte dabei aufs Kochen. Österreichische Küche kenne ich…

Die Bälle fliegen hoch, meine Erwartungen liegen tief. Portugal ist drückend überlegen und es ist nur eine Frage der Zeit, bis sie den Siegestreffer erzielen. Man muss dennoch lobend erwähnen, dass die österreichische Mannschaft sich teils heldenhaft dagegen wehrt. Vor allem Almer, der Spiderman im Tor, der nichts in sein Netz hineinlässt.
In der 79. Minute ist es jedoch soweit. Ronaldo bekommt einen Elfmeter zugesprochen. Das war´s dann wohl.
Aber der Mann, der sich selbst so viel Liebe zu verschenken hat, verschenkt uns einen Elfmeter. Er schießt an den Pfosten. Der Pfosten. Zum Glück.

Der Rest ist reine Abwehrschlacht. Vorne klappt über 90 Minuten lange nichts. Hinten wird dafür ausgebügelt wie in einer südkoreanischen Wäscherei. Bis das Wunder geschieht: Der Abpfiff!

Portugal und Österreich trennen sich 0:0. Fußballerisch trennen die beiden Welten. Aber man hat es nun gegen Island in der eigenen Hand aufzusteigen. Und genau da sehe ich das Problem…

Ein Problem sehe ich ebenso in der auf mich zukommenden Tagesstrukturierung. Die EM nähert sich der Endrunde. Die Gruppenspiele sind so gut wie vorbei. Was auch heißt, dass es keine drei Partien täglich mehr geben wird. Anderseits ist Fußball nicht wie Essen. Drei Portionen am Tag braucht man wahrscheinlich doch nicht.

Und dann beginnt schon die vorletzte Woche meiner Bestrahlung. Mir geht es noch immer erstaunlich gut.

Zwar ist die Haut am Hals nun etwas stärker gerötet und ich erkenne nun das Bestrahlungsfeld, da in diesem Bereich die Haare ausgefallen sind. Einmal mehr halte ich mir aber die Eventualitäten vor Augen, die mir zu Beginn mitgeteilt wurden. So gesehen läuft es mehr als zufriedenstellend. Die Müdigkeit wird voraussichtlich noch Wochen nach der Bestrahlung bleiben. Darüber will ich mir jetzt aber noch keine Gedanken machen.
Vielmehr nutze ich die Zeit und bereite ein kleines Programm für eine Lesung der SAG vor. Diese wird gemeinsam mit anderen AutorInnen Ende des Jahres in einer Apotheke stattfinden. Ich habe meinen Text optisch und inhaltlich dem der Packungsbeilagen von Medikamenten angepasst. Die erste Reaktion meiner lieben Gattin bestärkt mich in meinen Vorhaben: Sie lacht. Und ich lache mit. Vielleicht das wichtigste Medikament, um diese Zeit gut zu überstehen und einer Heilung näher zu kommen.

Am nächsten Tag habe ich volles Programm. Ich besuche Toni und Romana, um deren Umbaufortschritt zu begutachten und bin ganz froh, dass wir das jetzt hinter uns haben.
Daraufhin geht's zur Bestrahlung. Bei der Heimfahrt bockt meine Diva wieder und will nicht mehr weiter. Nach nur 80 Kilometern ist bereits zum zweiten Mal in kurzer Zeit die Zündkerze hinüber. Mit der Händlerin vereinbare ich, dass ich die Vespa vorbeibringen kann.
Ich schaffe es gerade noch pünktlich zum Massagetermin mit Anja. Während diesem schlafe ich glatt weg und dieses mal ist es nicht Jenny, die schnarcht.

Ein wenig erholt bringe ich meine Grande Dame zur Werkstatt. Neben der mangelnden Zündung muss angemerkt werden, dass sie säuft wie ein Loch. Da steckt sie jeden Stadtautoflitzer locker in die Tasche.
Schweren Herzens muss ich sie zur Therapie stehen lassen.

Dann kommt mein Trauzeuge Andreas auf einen Sprung vorbei, damit wir uns die Deutschlandpartie gemeinsam anschauen können.
Zu diesem Zeitpunkt bin ich jedenfalls schon ziemlich müde und ausgepumpt. Stimmungskanonen sehen anders aus.
In einem Monat sollte ich wieder zu Arbeiten beginnen. Ich bin gespannt, wie ich so einen 24-Stunden-Dienst durchstehen soll.

Den nächsten Tag benutze ich also eher zur Erholung, damit ich Mittwoch bereit bin zum großen EM-Showdown von Österreich.
Genau an diesem Tag legt der Sommer dann los. Und mich zuerst einmal nieder. Dennoch schaffe ich es irgendwie am späten Nachmittag in die Stadt zu fahren. Den ursprünglichen Plan, dies mit dem Rad zu tun, verwerfe ich angesichts der gefühlten 40 Grad Außentemperatur. Im klimatisierten Bus ist es einfach erträglicher.
Im Garten des „Urbankellers" (klingt verwirrender als es ist) haben sie eine Leinwand für die Übertragungen aufgebaut. Die Plätze sind schnell restlos besetzt. Nur mit Mühe kann ich für mich und meine verspäteten FankollegInnen einen Platz reservieren. Dann geht es schon los.
Mit einem Lattenschuss der Isländer.

Den hat auch Alaba im ersten Spiel gegen die Ungarn zusammengebracht. Und die Ungarn haben schließlich gewonnen. Also ein gutes Zeichen.
Oder nicht. Denn in der 18. Spielminute hält keine Stange mehr den Ball auf dem Weg ins (österreichische) Tor auf. 1:0 für Island. Quasi der Todesstoß, denn Österreich braucht einen Sieg, um weiterzukommen.
Doch vor der Pause erhalten unsere Stammesvertreter einen fragwürdigen Elfer zugesprochen. Ein kurzer Moment der Hoffnung blüht auf. Daumen werden gedrückt. Dragovic tritt an. Und dürfte sich mit Ronaldo verwechseln. Denn auch er pfeffert den Ball an den Pfosten. Der Pfosten. Zum Pech.
Daumen werden losgelassen und Hände auf -wegen der Österreichspiele immer flacher werdende - Stirne geschlagen.
In der Halbzeitpause beginnt man sich bereits der heimischen Qualitäten zu besinnen und nimmt grantelnd und fatalistisch die kommende Niederlage zur Kenntnis.
Auch wenn Schöpf in der 60. Minute noch der Anschlusstreffer gelingt, ist deutlich zu spüren, dass nur mehr der eine oder andere Hoffnung schöpft. Und ganz ehrlich: Österreich hat bei einer EM bisher überhaupt erst *ein* Tor geschossen - Legende und Urösterreicher Ivica Vastic im Jahr 2008 sei Dank. Und nun verlangt man von den Kickern am Feld, dass sie dieses historische Ergebnis gleich verdoppeln sollen? Fast unmenschlich diese Bürde!
In der 94. Minuten ist die Zeit der Hoffnung endgültig vorbei und die Zeit des Erwachens beginnt. Die österreichische Mannschaft wird Frankreich als Tabellenletzter einer schwachen Gruppe F verlassen. Genauso

wie Schweden und Russland (waren das nicht die beiden schwierigsten Gegner in unserer Qualifikationsgruppe?). Und es bleibt einmal mehr das Fazit, dass den eigenen Möglichkeiten durch das eigene Können schlicht und einfach Grenzen gesetzt sind. Warum das bei Island nicht der Fall ist, werden die Analysen der nächsten vierzig Jahre zeigen. Dann werden wir hoffentlich wieder bei einem Großereignis dabei sein.

Ich verlasse jedenfalls das urbane Spielfeld und quäle mich nach Hause. Weniger wegen dem Ergebnis, als wegen einer trägen Müdigkeit, die mich hinunter- und nach Hause zieht.

Diese Antriebslosigkeit bleibt auch am nächsten Tag. Die Grundmüdigkeit und das warme Wetter vertragen sich überhaupt nicht.
Bei der donnerstäglichen Blutabnahme baut mich zwar die Rückmeldung der blutsaugenden Krankenschwester etwas auf. Sie meint, dass ich wirklich noch gut aussehe. Sie kenne Bestrahlungspatienten, bei denen in dieser Phase die Haut herunterhinge oder die zumindest jede Menge Risse an ihrer Fassade hätten.
Das beruhigt mich natürlich. Aber zum Freuen bin ich zu träge. Also wieder ab in die Heia Serien schauen. Und zwischendurch einschlafen. So vergeht der Tag relativ sinnfrei. Selbst zum Schreiben kann ich nicht die rechte Lust aufbringen.

Der Freitag ist schon etwas besser. Ich schlafe fast bis 10.00 Uhr. Dann geht es ab zum Bauernmarkt einkaufen, bevor ich die letzte Bestrahlung diese Woche habe. Im Anschluss darf ich meine feine Dame holen.

Sie hat einen neuen Filter bekommen und sollte jetzt wartungsfreundlicher sein. Ich muss zugeben, dass ich sie schon etwas vermisst habe.
Ich nutze also jede Gelegenheit aus, um sie auszuführen. Und taxiere meine fesche Frau am Abend zu einem Blueskonzert in die Stadt. Ihre Trauzeugin aus Wien ist mit dabei. Ebenso Gernot, der mitternächtlich in den Geburtstag rutscht.
Zwischendurch fahre ich wieder nach Hause. Ein ganzer Abend Vergnügen wäre mir einfach zu viel.
Gegen 23.00 Uhr ist das Konzert aus und ich noch auf. Also schnappe ich mir dieses Mal Verenas Untersatz und düse erneut in die Stadt. Zumindest ein Geburtstagsbier wird sich doch wohl ausgehen.
Das tut es. Unter zunehmender Müdigkeit schaffe ich es immerhin bis 2.00 Uhr. Dann läuft meine innere Uhr ab. Verena scheint ebenso schon ihre kleinen Beinchen zu strecken und fährt mit nach Hause. Auch wenn wir beide ein wenig schlechtes Gewissen haben, das Geburtstagskind einfach so stehen zu lassen.

Am nächsten Tag fühle ich mich, als hätte ich durchgemacht. Ich bin extrem müde und bekomme im Laufe des Tages behandlungswerte Kopfschmerzen. Erst der in Guinness geschmorte Hähnchentopf am Abend macht mich etwas munterer. Im Vergleich zum äußerst langweiligen Spiel der Waliser gegen die Nordiren.

Als ich am Sonntag in der Früh aufwache, vermeine ich ein Brennen am Hals zu spüren. Ein Blick in den Spiegel zeigt mir, dass es die Krankenschwester am Freitag wohl verschrien hat. Die Haut zeigt keine dezente Morgenröte mehr, sondern hat einen satten Bur-

gunderton angenommen. Und wieder einmal bin ich überrascht, dass das Ganze nicht linear vor sich geht, sondern irgendwie sprunghaft. Der bestrahlte Bereich beginnt vermehrt zu jucken. Ich habe das Gefühl, dass Kratzen ab jetzt ein schwerer Fehler wäre. Viel zu dünn wirkt nun die äußere Schutzschicht des Körpers.
Ich sollte mich also freuen, dass am Montag die voraussichtlich letzte Woche der Bestrahlung beginnt. Tue ich irgendwie. Irgendwie aber nicht.
Die Behandlungszeit ist paradoxerweise so eine Art „Komfortzone". Ich bin krank. Also werde ich behandelt. Und während ich behandelt werde, kann der Krebs nicht wachsen. Das beruhigt.
Nach der Bestrahlung ist die Behandlung jedoch abgeschlossen. Dann hat niemand mehr Einfluss auf den weiteren Verlauf. Zumindest medizinisch gesehen.
Es beginnt die Zeit der Sorgen, ob die Therapie tatsächlich gewirkt hat. Wochenlang. Monatelang. Jahrelang.
Und die Zeit, damit umgehen zu lernen, damit die Sorgen nicht zu Ängsten werden und mein Leben dadurch negativ beeinflussen. Und damit vielleicht die Heilung.

Noch bin ich aber in Watte gepackt. Ich spule brav mein Tages- und Bestrahlungsprogramm herunter und nehme brav meine Medikamente. Die ersten Schachteln sind bereits am leer werden und ich werde wohl nicht alle wieder nachbestellen. Am Abend pflege ich einmal mehr meine sozialen Kontakte und schaue mir erneut im Urbankeller den gar nicht so spektakulären Knaller zwischen Spanien und Italien an.
Die EM neigt sich dem Ende zu. Und damit ebenso mein Menüprogramm. Alles ändert sich. Wird wieder

normal? Ich hoffe es. Glaube es. Nehme mir zumindest fest vor, es zu glauben.

Am Dienstag gehe ich zur Bestrahlung. Wie jeden Tag. Wobei mein „Beschleuniger Nummer Vier" einmal mehr gewartet wird und ich einem anderen Gerät zugewiesen werde.
In der Kabine fällt mir schon auf, dass irgendetwas anders ist. Beim Betreten des Behandlungsraumes wird schnell klar, was das ist.
Musik erfüllt den Raum. Relativ laut. Fröhliche Musik. Und mitsummendes Personal.
Mir mutet es im ersten Augenblick (oder Ohrenhören) seltsam an. Irgendwie bin ich die tragende Stille bei der Behandlung gewohnt. Das Surren der Maschine, dass auf seine eigene Art und Weise medizinisch wirkt. Dem Krankenhausanlass entsprechend.
Und nun Musik. Aus den 80er-Jahren. Mir fehlt nur der Sekt zur Bestrahlungsparty.
Ich finde heraus, dass die Musikanlage neu ist und das Personal gerade die Genehmigung bekommen hat, sie abzuspielen.
Ich kann mir gut vorstellen, dass es Patienten gibt, die ihr Recht auf Mitleidsstille einfordern werden. Und ich könnte sie sogar verstehen.
Vielleicht bewirkt es jedoch auch das Gegenteil und nimmt dem Bestrahlungsakt ein Stück seines Dramas. Es muss ja keine Party werden. Ein bisschen Fröhlichkeit schadet aber nicht. Und sei es nur für die Angestellten, die täglich hier arbeiten.

Wahrscheinlich werde ich nie erfahren, ob das so bleiben wird. Sechs Termine habe ich noch vor mir. So steht es zumindest im Plan. Dann habe ich meine

36 Einheiten absolviert. Die Zeit vergeht schneller, als ich dachte.
Dann werde ich mich auch mit dem Arbeitsleben wieder beschäftigen müssen. Oder dürfen. Einen kleinen Vorgeschmack bekomme ich von Kollegin Rosi, die eine Befragung im Rahmen ihrer Masterarbeit mit mir durchführt. Es geht um Kooperation und Kommunikation zwischen den einzelnen Partnern im Sozialbereich.
Bei der Befragung merke ich einmal mehr, dass ich schon relativ lange in diesem Bereich dabei bin (über zwanzig Jahre) und dass sich seit Beginn meiner Tätigkeiten einiges geändert hat.
Ich merke aber auch bei den einzelnen Fragen, dass noch ein Glühen in mir vorhanden ist. Vielleicht kein Waldbrand, aber doch mehr als ein Kerzlein. Das freut mich. Die Arbeit kann kommen.

Am nächsten Tag begegnet mir die Dame mit dem Kopftuch bei der Bestrahlung. Sie hat ihre Maske unterm Arm und wirkt fröhlich. Sie wünscht mir viel Glück und ich ihr. In einer Woche werde ich es sein, der mit der Maske unterm Arm hinausspaziert. Hoffentlich ebenso heiter.
Ich glaube schon. In mir stellt sich fast automatisch der innere Countdown auf das Ende der Behandlung ein. Die äußeren Umstände unterstützen mich.
Mein Hals ist mittlerweile lila und beim Liegen stecke ich mir oft die Fernbedienung zwischen Hals und Brust, damit sich keine schmerzhaften Falten bilden. Ein bisschen Kühlen tut es auch.
Nach mir scheint schon ein neuer Patient auf der Liste zu sein. Er wirkt verbittert und grüßt nicht. Was ich verstehe. Ich schätze ihn auf knappe zwanzig Jahre.

Sein linker Arm fehlt ihm. Mir fällt ein Witz dazu ein: Ich bin arm, aber ohne Arm wäre ich ärmer. Irgendwie passend. In diesem Moment ist er aber nichts Anderes als zynisch.
Ich schäme mich in dem Moment fast ein wenig, als ich mich dennoch selbst frage(n muss), auf was ich eher verzichten würde. Auf einen Arm oder auf die Stimme.
Ich werde diese Frage Gott sei Dank nie zu beantworten brauchen.

Heute ist überhaupt viel los. Alles verzögert sich. Der Beschleuniger funktioniert nach der Wartung nicht, wie er soll. Also heißt es für alle warten. Es kommt zum Stau. Ein Herr wird mit einem Krankenbett hereingefahren und an den Sauerstoff und an den Strom angeschlossen. Erst auf den zweiten Blick erkenne ich, dass ich diesen schon im April bei meinem stationären Aufenthalt gesehen habe.
Vom eher sportlichen Mitvierziger ist aber nicht mehr viel übriggeblieben. Die Krankheit hat ihn scheinbar ausgesaugt. Physisch wie psychisch.
Das Bett steht direkt vor mir. Ich weiß nicht, ob er mich durch die trüben Augen erkennt. Er murmelt irgendetwas. Ich frage, ob ich ihm helfen kann. Er scheint mich aber nicht zu verstehen.
In diesem Moment möchte ich am liebsten raus. Raus aus dem Warteraum. Raus aus dem onkologischem Bereich. Raus aus der Klinik.

Nicht mehr lange…

Ein vorletztes Mal geht es in die Ambulanz. Dort bekomme ich das O.K., dass ich meinen Hals nun täg-

lich einschmieren darf. Zwei bis drei Wochen könne dieser Zustand aber nach der Bestrahlung noch bleiben. Natürlich könnte er auch ein bisschen schlechter werden. Aber das muss nicht sein.
Diese Informationen erhalte ich relativ trocken. Dann werde ich gewogen. Und habe wieder etwas zugenommen. Die Ersatzhandlungen fürs Rauchen schlagen eindeutig die Nebenwirkungen der Behandlung. Vier Kilo sind es mittlerweile. Die Krankenschwester ist zufrieden.
Ins Schwärmen kommt sie jedoch einmal mehr, als sie mir mit der Taschenlampe in die Mundhöhle leuchtet. Dort drinnen ist anscheinend alles wunderschön. Vielleicht habe ich es ja mit einer Mundhöhlenfetischistin zu tun. Geben tut es ja alles.

Freitag ist schon wieder der letzte Tag der Bestrahlung in dieser Woche. Dann geht es nur noch bis Mittwoch nächster Woche. Das ist mittlerweile gut so. Von meinem Hals lösen sich die ersten Hautfetzen.

In den Warteräumen vor den Beschleunigern ist mittags fast nichts los. Es herrscht entspannte Ruhe, wie meistens am Freitag. Aus diesem Grund habe ich heute die Kamera mitgenommen. Jetzt muss ich nur mehr das Personal um ein kleines Fotoshooting bitten. Was mir in diesem Setting (und ohne Musik!) irgendwie seltsam vorkommt.
Wie immer reagieren die beiden Mitarbeiter jedoch äußerst nett und zuvorkommend. Ich glaube sogar, die Abwechslung macht Ihnen ein bisschen Spaß.
Sie fotografieren mich stehend vor dem Bestrahlungsgerät. Mit und ohne Maske. Dann liegend. Und schließlich in fixiertem Zustand mit Maske.

Ich habe die Fotos in etwa im Kopf, wie sie aussehen sollen, damit sie zum vorliegenden Cover passen. Und finde, dass sie ihre Sache gut gemacht haben. Normalerweise haben sie es ja doch mit anderen (Röntgen)Bildern zu tun.

Ich gehe nach getaner Bestrahlung und Ablichtung eigentlich ganz gut gelaunt ins Wochenende. Im Wartebereich treffe ich zuvor aber noch einen weiteren Patienten und bekanntes Gesicht. Er fragt mich, wie lange ich noch vor mir habe. Bis Mittwoch. Er auch. Soweit scheint er ganz fit zu sein und ich wage hoffnungsfroh die Frage nach seiner Diagnose.
Hirntumor. Metastasierend. Unheilbar.
Die Bestrahlung soll längerfristig Entlastung schaffen. Kurzfristig schwillt nach jeder Bestrahlung allerdings sein Gehirn an. Wie nach einer Erschütterung. Vormittag geht es ihm immer am besten. Bis zur Bestrahlung eben.
Einmal mehr habe ich beim Verabschieden einen Kloß im Hals. Und einmal mehr bin ich froh, dass ich von hier wegkomme.

Am Wochenende merke ich bei mir selbst, dass es eine gefühlte Stufe bergab geht. Die Haut am Hals schält sich und die untere, rosa Schicht, nimmt immer mehr Raum ein. Jetzt sieht es eindeutig nach dem aus, was es ist. Eine Verbrennung. Salben bringen Linderung. Dennoch ist es unangenehm. Ich kann nur ansatzweise erahnen, wie schlimm es jemanden nach einer großflächigen Bestrahlung oder nach einer wirklichen Verbrennung gehen muss. Ein echtes Horrorszenario.

Mir geht es gut! Mir geht es gut! Hämmere ich mir ins Hirn.
So gut, dass ich sogar zur 40er-Party von Eva fahren und mich vielleicht sogar einmal ein bisschen gehen lassen kann.
Es ist Wochenende und Verena könnte uns chauffieren. Keine schlechten Voraussetzungen also.
Die Party sollte ab 14.00Uhr in Mondsee am eigenen Badegrund stattfinden. Das wird schon mal nichts. Es regnet in Strömen und aufgrund der Befürchtung, dass es hageln könnte, verzögert sich die Abreise.
Gegen 15:30Uhr hat sich die Feier bereits nach innen ins Haus verlegt. Es erwartet uns ein evatypisches Buffet, bei dem es an nichts fehlt. Viele der Gäste sind alte Freunde, die ich teilweise seit Jahren nicht mehr gesehen habe.
Zur Plauderei öffne ich mir ein kleines Bier. Das schmeckt auch ohne Sonne ganz gut. Der Nachmittag verläuft nett, nur merke ich, dass ich merklich abbaue. Am Abend wird schließlich ein Spanferkel gereicht, dass mir zwar äußerst gut mundet, mir batteriemäßig aber den Rest gibt.
Unauffällig frage ich Verena, wie lange sie noch bleiben will. Gott sei Dank ist sie soweit startklar.
Wir lassen uns also wirklich gehen. Indem wir die Feier anstandsgemäß verlassen. Kurz steht noch im Raum, ob mich Verena zum EM Schauen in den Urbankeller bringen soll. Das macht nun aber wirklich wenig Sinn. Also klemme ich mich hinters Steuer und bringe uns beide sicher heim ins heimelige Bett.
Vor dem Einschlafen erklärt mir meine Frau noch, dass dies das erste Mal war, seit wir uns kennen, dass ich von selbst eine Feier verlassen wollte. So weit ist es also schon gekommen.

Am Montag beginnt dann tatsächlich die letzte Bestrahlungswoche. Ich verstehe meine Bedenken von vor einer Woche mittlerweile gar nicht mehr und freue mich wirklich auf das Ende. Innerlich nehme ich schon Abschied. Von der netten Maschine, die mir meine Stimme gerettet hat?! Vom Personal, mit dem ich in letzter Zeit mehr Kontakt hatte, als mit sonst jemanden. Meine Frau ausgeschlossen.
Und von den Menschen im Wartebereich und deren schweren Schicksalen, von denen ich im Moment allerdings nichts mehr hören und sehen möchte.

Am Abend zwinge ich mich förmlich zur Mitgliederversammlung der Austria Salzburg, die um ihre (berechtigte) Existenz kämpft. Die Austria-Legende Otto Konrad ist auch da. Und würde sich sogar vorstellen können, an vorderster Front um die Existenz mitzukämpfen. Das würde ich dem Verein gönnen, ebenso wie Alex, der dann seinen interimistischen Posten als Obmann wieder los wäre. Bis dahin ist es aber sicherlich noch ein steiniger Weg.
Den gehe ich vorerst nur in Gedanken mit. Physisch verabschiede ich mich und fahre nach Ende der Veranstaltung müde nach Hause.
Am Dienstag nehme ich mir vor, nach einem Abschlusstermin mit dem Arzt zu fragen. Kaum zehn Minuten früher angekommen, bin ich schon dran. Der Termin ist bereits fixiert. Und zwar auf heute. Gleich im Anschluss. Da bin ich fast ein bisschen überfordert. Und unvorbereitet.
Andererseits: Auf was sollte ich mich vorbereiten, was ich nicht sowieso schon lange weiß. Und die EINE Frage brauche ich nicht stellen. Die kann mir ohnedies keiner beantworten.

So wird das Abschlussgespräch bei Dr. K. wieder eher ein netter Smalltalk. Ich kriege meine Pro-forma-Fragen nebenbei durch. Ansonsten unterhalten wir uns zwischen Tür und Angel noch kurz über meinen Roman „786" und er erzählt mir über erfolgreiche (schwere) Fälle aus der Praxis.
Dabei stellt er sich nie in den Vordergrund, sondern immer seine Patienten, die ihn, wie es scheint, wirklich interessieren.
Was selbstverständlich klingt, ist es nicht. Ich bin jedenfalls nicht nur aus krankheitsbedingten Gründen froh, diese seltene Spezies kennengerlernt zu haben.

Am Mittwoch ist es wirklich soweit. Über sieben Wochen Bestrahlung liegen hinter mir. 36 Einheiten, um genau zu sein. Unglaublich, wie etwas in so kurzer Zeit so alltäglich und normal werden kann. Ein letztes Mal plagen sich die PflegerInnen beim Anlegen der Maske. Ein letztes Mal dreht sich mein vorübergehender Mittelpunkt im Form des Bestrahlungsgerätes um mein vorübergehendes Krebsgebiet.
Ein letztes Mal plagen sich die PflegerInnen beim Ablegen der Maske.
Dann darf ich mit dieser im Arm hinausmarschieren. Nicht ohne mich von allen Anwesenden zu verabschieden. Irgendwie scheint es mir, als wären wir gemeinsam auf Sommerlager gewesen. Man kennt sich ein wenig. Weiß aber auch, dass „Auf Wiedersehen" vermeintlich eine Lüge ist.
Eine weitere Bestrahlung wird es nicht geben. Dies war eine einmalige Chance.

Auf dem Weg aus dem Gebäude geht es noch an der Ambulanz vorbei. Meinen Mund habe ich heute be-

sonders schön gereinigt. Ich möchte der Schwester eine Freude machen.
Wir ziehen ein Resümee. So weit ist alles zur Zufriedenheit verlaufen und die Nebenwirkungen haben sich in Grenzen gehalten. Gewicht habe ich sogar etwas zugenommen. Die Haut am Hals sieht so aus, als würde sie in den nächsten zwei bis drei Wochen narbenlos heilen. Innen wird es ähnlich aussehen. Quasi verbrannte Erde. Aber auch hier sollte es sich in ein bis zwei Wochen beruhigt haben.
Die Müdigkeit könnte noch ein wenig bleiben, wird aber sicherlich verschwinden. Soweit also alles im Rahmen. Soweit alles gut.
Soweit alles gut sein kann. Ich verlasse endgültig die Station. Eben nicht mit dem Wissen, dass ich geheilt bin. Aber dennoch mit dem Gefühl, dass es bis hierhin schon mal gut gegangen ist. Und wenn mein Körper bisher alles vertragen hat, darf ich ihm durchaus zutrauen, dass er mit dem bisschen Krebs auch noch fertig geworden ist.

Bevor ich nach Hause fahre, versuche ich noch einen Termin auf der HNO-Ambulanz zu bekommen. Dr. W., der mein Nach- und Fürsorgearzt bleiben wird, ist aber gerade auf Urlaub. Ich erhalte daher einen Temin in zwei Wochen.

Zu Hause überkommt mich die Müdigkeit und ich schlafe noch ein bisschen vor. Am Abend ist zufälligerweise und genau richtig Stammtisch. Da darf und werde ich das Bestrahlungsende ein bisschen feiern.
Und zwar über die Öffnungszeiten des Augustiner Bräus hinaus. In Begleitung von Andreas und Stefan klappere ich im Anschluss noch zwei typisch österrei-

chische Beizen ab und wir reden viel und lange. Es ist ein wenig wie früher. Ein bisschen normal. Und das ist gut so.

Zwischenraum V:

Die Nebenwirkungen werden jeden Tag ein bisschen besser. Die Haut außen erneuert sich und auch im Hals habe ich das Gefühl, dass der Heilungsprozess seinen Gang nimmt.

Mein Hausarzt schreibt mich bis Ende Juli krank. Als (interne) Diagnose schließt er eine „organische Midlifecrisis" nicht aus. Den Ausdruck finde ich irgendwie passend.
Die zuständige Angestellte bei der Salzburger Gebietskrankenkasse bestätigt. den 01.08. als ersten Arbeitstag. Aber nur, wenn es mir wirklich gut gehe. Ansonsten müsse ich einfach noch einmal kommen, um den Krankenstand zu verlängern.
Irgendwie hätte ich mit einer mürrischen Dame oder einem mürrischen Herrn gerechnet, die/der mir trocken mitteilt, dass ich möglichst schnell wieder arbeiten gehen solle und müsse.
Stattdessen werde ich äußerst freundlich und einfühlsam behandelt. Einmal mehr ernte ich sogar Unverständnis und Mitleid, weil ich die Diagnose in diesem dafür ungewöhnlich jungem Alter erhalten habe.
Ich bekomme schließlich eine schriftliche Bestätigung, mit der ich zum Schalter der Krankengeldverrechnung gehe. Auch hier wird mein Fall nett und unkompliziert abgehandelt. Und wieder wünscht man mir alles Gute für meine Zukunft.
Mit der Gesundschreibung (!!!) im Gepäck fahre ich nach Hause. Die Müdigkeit ist noch da, ich merke aber, dass ich aktiver werde(n will).

Ich beginne also gerade wieder, meinen Optimismus und meine Lockerheit zurückzugewinnen, als einmal mehr Hiob beschließt, in mein Leben einzugreifen.
Wie aus heiterem Himmel bewahrheitet sich zumindest ein Teil meiner depressiven Vision und meine Beziehung zu Verena ist von einem Tag auf den anderen scheinbar schlagartig beendet. Zumindest für mich ist das überraschend und zieht mir den neu gewebten Teppich wieder unter den Füssen weg.
Was folgt ist ein weiterer freier Fall und eine Zeit der Leere, in der ich die positive Kontrolle der Wundheilung meines Kehlkopfes Ende Juli zur Kenntnis nehme. Erst eine Biopsie im Oktober wird allerdings mit einigermaßen Sicherheit klären können, ob der Krebs besiegt ist. Bis dahin heißt es warten. Wie es aussieht alleine.

Kleiner Mann, was nun?

Alles neigt sich also irgendwie dem Ende zu. Die Bestrahlung ist erledigt. Der Körper erholt sich merklich. Die Medikamente werden immer weniger. Die EM ist vorbei. Die Ehe auch.

Es sind die letzten Zeilen dieses Buches, die mir nun am schwersten fallen. Denn es gilt ein positives Ende zu finden. Was gar nicht so einfach ist.
In zwei bis drei Monaten werde ich erfahren, ob der Krebs wieder gewachsen ist. Die Chance ist gut, dass dem nicht so ist. An alles andere will ich gar nicht denken.
Auch danach bleibe ich aber Nachsorgepatient. Wirklich aufatmen kann ich erst in etwa fünf Jahren. Dann werden die Kontrolluntersuchungen beendet sein und das Risiko einer Wiedererkrankung kann so gut wie ausgeschlossen werden.
Dazwischen werden mir bereits leichte Halsschmerzen große Kopfschmerzen bereiten Denn über diesem hängt nun mein ganz persönliches Damoklesschwert.

Habe ich alles überstanden, habe ich jedoch viel gewonnen! Ich bin mittlerweile Nichtraucher und werde mir in Zukunft wahrscheinlich so einige Folgeerscheinungen sparen. In einer Zukunft voller Optimismus und wiedergewonnener Leichtigkeit.

Das klingt doch nach einem positiven Ende!

Ich hoffe, keinen zweiten Teil schreiben zu müssen. Für all diejenigen, die es interessiert, werde ich jedoch die (entscheidenden) Ergebnisse, positiv oder negativ, auf meiner Autorenseite auf Facebook bekannt geben.

Anhang:

Mailverkehr mit Stefan

Folgenden Mailverkehr mit meinem Freund Stefan habe ich ausgewählt, weil er die Achterbahnfahrt nach der Diagnose und die Wochen danach ganz gut abbildet.

08.04.2016

Hallo Stefan,

Erstes Update:

Erste OP ist vorbei und leider gibt es noch nichts Gutes zu berichten. Der "Best case" ist leider nicht eingetreten und das Gewächs konnte nicht einfach so entfernt werden. Gewebe wird jetzt eingeschickt. In einer Woche erfahre ich dann, ob es gutartig oder bösartig ist. Dann entscheidet sich auch, wieviel man herausschneiden muss (schneiden muss man auf alle Fälle). Davon hängt auch meine zukünftige (Nicht)Stimme ab. Leider alles nicht so super. Trotzdem ganz liebe Grüße aus dem Krankenhaus!

Günther

11.04.2016

Hallo Gü,

geht´s Dir soweit gut? Ich kann mich ganz gut an das Loch erinnern, in das ich bei der Erstdiagnose meiner Symptomatik gefallen bin.
Da schaut man sich Diagramme an, Bilder, Statistiken, Therapien, schaut in den Foren von Selbsthilfegruppen etc. etc.
Man stellt sich Fragen: wie geht es weiter, was bedeutet das für meine Zukunft, was für jene meiner Lieben, werde ich Schmerzen haben etc. etc.
Du weißt eh: wenn Du quatschen willst oder einfach nur zusammensitzen. Ruf mich an oder schreib.

Alles Gute und Liebe

Stefan

11.04.2016

Hallo Stefan,

Hab gesehen, dass Du mich angerufen hast. Kann und darf aber leider nicht telefonieren.

Kurzes Update: Am Donnerstag oder Freitag erfahre ich, ob ich Leukoplakie habe (Vorstufe) oder eben schon einen Kehlkopfkrebs. Dann wird auch der weitere Behandlungsplan entschieden. Im besten Fall bleibt die Stimme nach dem Eingriff etwas heiser, im,

leider auch wahrscheinlichen Fall, wird mir eine Stimmlippe entfernt. Damit sollte der Tumor, falls vorhanden, beseitigt sein, ich kann aber nicht mehr normal sprechen.
Weitere Szenarien möchte ich mir und muss ich mir hoffentlich nicht ausmalen. Da wirds dann richtig übel. Aber im Moment sind wir in der Erkennung noch recht früh dran...
Lustig ist es nicht, das Warten auf den Befund macht es nicht grad besser... Ich hoffe noch immer ein wenig, dass ich zur Präsidentenwahl meine Stimme nicht abgeben muss.
So weit, so blöd... Wie geht's Dir? War ja auch nicht alles in Ordnung?

LG

Günther

12.04.2016

Hi nochmal,

Leukoplakien kenne ich, hab ich auch, aber am Gaumen. Zählt zu meinem Spektrum der erwartbaren Symptome.
Für den Wortwitz mit der Stimmabgabe bei der Präsidentenwahl habe ich ganz schön lange zum Knacken gebracht, Respekt, der ist lupenrein!

Bei mir hat man bei der heutigen Sonographie nichts weiter gefunden, wird schon passen.

Lg,

Stefan

12.04.2016

Ebenfalls hi,

danke für die Blumen! Und schön, dass bei Dir nichts rausgekommen ist!

Werden Deine Leukoplakien gar nicht entfernt?

Ich hoffe bei mir drauf. Der behandelnde Arzt scheint mir etwas skeptisch zu sein und klingt nicht sehr optimistisch, auch wenn er es nicht ausschließt und professionell natürlich den Befund abwartet.

Aber mal sehen. Ganz wie früher wirds nicht mehr werden. Dazu muss zu viel weggeschnitten/gelasert werden...

Ich weiß es ja auch nicht. Blödes Gefühl jedenfalls, nichts unter Kontrolle zu haben. Aber das kennst Du ja!

LG

Günther

12.04.2016

Hi,

wegen meiner Leukoplakien: Ich glaube, die habe ich schon eine gefühlte Ewigkeit, war damit noch nicht beim Facharzt, sollte ich mal anschauen lassen, aber man muss schon aufpassen, dass man nicht zu viel bei den Ärzten sitzt, weil die finden immer irgendwas, und schwuppdiwupp, bist in der Medizinmühle drinnen und kommst nimmer raus.

Mit der Kontrolle ist es so eine Sache. Man kann, denke ich, nicht die Kontrolle darüber behalten, was mit einem passiert, aber man kann wenigstens versuchen, die Kontrolle über seinen Umgang mit den von außen einwirkenden Unbillen zu behalten. Ist auch nicht immer einfach, aber versuchen muss man es ja trotzdem.

lg,

Stefan

13.04.2016

Hallo Stefan,

habe gerade das erfreuliche Ergebnis der Gewebeuntersuchung erfahren, dass ich keinen Kehlkopfkrebs habe, sondern "nur" Leukoplakie. D.h., dass ich nochmals die Chance bekomme, wieder gesund zu werden und wahrscheinlich auch meine Stimme (viel-

leicht mit kleinen Einschränkungen) wiederzufinden! Der Weg dorthin ist zwar noch ein weiter. Am Freitag werde ich nochmals operiert und die Leukoplakie wird entfernt. Dann heißt es schonen und meine Stimme wieder neu zu erlernen. Alles aber nichts im Vergleich zur bösartigen Variante!

LG Günther

13.04.2016

Hallo Gü,

da fällt mir aber ein Tumor vom Kehlkopf!

Vielleicht wird es mit der neuen Stimme dann was mit einer Gesangskarriere a la Joe Cocker. Am besten ölen wir die Stimme im Müllner Stüberl mit Whiskey und Zigarrenrauch.

Das Du das Reden mal ordentlich lernst wäre so oder so notwendig gewesen (schwewewschweweschwe ... das habe ich sowieso nie verstanden)

Also ich freue mich!

lg,

Stefan

13.04.2016

Hallo Stefan,

Tumor ist, wenn man trotzdem lacht! Hätte mir sonst beim Daniel Kehlmann einen neuen Kopf gekauft.
Aber Schmerz beiseite...
Bin echt sehr erleichtert! Wobei Dein Vorschlag der Ölung wohl gleichzeitig die letzte wäre... Kein Rauch, kein harter Alkohol mehr in der Zukunft!

Na dann Prost! Aber es gibt Schlimmeres, das weiß ich jetzt auch.

Liebe Grüschwewewe...

13.04.2016

Kein harter Alkohol mehr? Das sind aber keine pröstlichen Aussichten!
Gott sei Dank ist Alkohol bei Raumtemperatur aber sowieso flüssig, also kein Problem wegen der Härte, es geht fröhlich weiter.
Solltest Du tatsächlich nichts mehr trinken dürfen -> wie sieht's mit intravenöser Applikation aus? Da hätte ich sogar eine Marktidee: Ein Kombinat aus Ethanol und Nicotin, für Diabetiker mit Insulin kombinierbar. Das würde sicher Einschlagen wie eine Bombe.
Alternativ ginge auch über die Haut (Champagner-Whirlpool) oder anal (habe da auch schon eine Apparatur analog zum Trinkhelm gefunden; Markenname Klis-Beer).

Übrigens kann ich das emotionale Auf und Ab voll nachvollziehen. Ich hatte mal eine Platzwunde am Auge, das musste genäht werden, ich weiß also, was so eine Kahlkopfoperation bedeutet.

Schönen Gruß,

Stefan

13.04.2016

Du machst mir wirklich wieder Hoffnung für meine Zukunft! Klis-Bier kenn ich aber schon von meinem Bruder, dem Anwalt. Der nennt das "ein laufendes Verfahren".

Und auch ich hatte schon mal nach einer Schlägerei mit einem Neonazi eine Platzwunde und Kahlkopfbe-schwerden. Üble Sache, das!

Muss jetzt leider wieder ins Kotzpital, habe OB-Besprechung bezüglich Nachblutungen...

Danke für Dein erquickliches Mail.

Yours

Mr. Whiskey

20.04.2016

Hallo Stefan,

hab heute leider entgegen der guten Prognose erfahren, dass ich doch ein Stimmbandkarzinom habe. Ich begebe mich also nun in die ärztlichen Mühlen. Was genau getan werden muss, wird nächste Woche entschieden. Ich nehme an, es läuft auf eine Bestrahlung hinaus.

Mit heute unwitzigen Grüßen

Günther

21.04.2016

Hallo Gü,

das hört sich jetzt doch eher Scheiße an. Aber nur nicht unterkriegen lassen, so banal sich das auch anhören mag!
Bist Du jetzt im Krankenhaus oder zu Hause und wartest darauf, dass es weitergeht?
Kannst Du reden oder geht es immer noch eher bescheiden?

Wünsch Dir auf alle Fälle mal Kraft und Hoffnung, wenn Du willst. können wir uns am Wochenende mal treffen. Wenn´st nicht reden kannst, dann sitzen wir halt nur.

Schönen Gruß,

Stefan